发慈悲心 万物情深

——林清玄散文精选

林清玄◎著

国际文化出版公司
·北京·

图书在版编目（CIP）数据

发慈悲心，万物情深 / 林清玄著．－－北京：国际文化出版公司，2018.5
 ISBN 978-7-5125-1024-1

Ⅰ．①发… Ⅱ．①林… Ⅲ．①散文集－中国－当代 Ⅳ．① I267

中国版本图书馆 CIP 数据核字（2017）第 280539 号

本著作物经厦门墨客知识产权代理有限公司代理，由九歌出版社有限公司授权国际文化出版公司，在中国大陆出版、发行简体字版本。

发慈悲心，万物情深

作　　者	林清玄
责任编辑	戴　婕
特约监制	苏　辛　孙小天　午　歌
策划编辑	兰　青
封面设计	仙境设计
版式设计	仙境设计
出版发行	国际文化出版公司
经　　销	国文润华文化传媒（北京）有限责任公司
印　　刷	北京文昌阁彩色印刷有限责任公司
版　　次	2018 年 5 月第 1 版 2018 年 5 月第 1 次印刷
开　　本	880 毫米 ×1230 毫米　　32 开 8 印张　　163 千字
书　　号	ISBN 978-7-5125-1024-1
定　　价	45.00 元

国际文化出版公司
北京朝阳区东土城路乙 9 号　　　　邮编：100013
总编室：（010）64271551　　　　传真：（010）64271578
销售热线：（010）64271187
传真：（010）64271187-800
E-mail：icpc@95777.sina.net
http://www.sinoread.com

目录

第一部分　情缘相聚，互道珍惜

飞入芒花 /002/ 咫尺千里 /010/ 白雪少年 /015/ 葫芦瓢子 /019/ 卡其布制服 /025/ 长命菜 /029/ 每一片竹叶，都生起清风 /033/ 马蹄兰的告别 /040/

第二部分　忘情也慈悲

忘情花的滋味 /046/ 无声飘落 /051/ 惜别的海岸 /054/ 爱水 /058/ 南国 /061/ 发誓 /065/ 苦瓜变甜 /067/ 金箭与铅箭 /070/

第三部分　万物有深情

入梦 入魂 入心 /082/ 冰糖芋泥 /092/ 姑婆叶随想 /097/ 盛夏的凤凰花 /104/ 林边莲雾 /108/ 养着水母的秋天 /111/ 散步去吃猪眼睛 /117/ 有情生 /126/

第四部分　微光还在记忆初

过火 /138/ 阅读故乡的一百个方法 /149/ 故乡的水土 /155/ 投给燃烧的感情 /157/ 一滴水到海洋 /162/ 往事只能回味 /167/ 鸳鸯香炉 /172/ 一步千金 /180/ 小千世界 /184/ 在微细的爱里 /188/ 有情十二帖 /192/

第五部分　一切如来欢喜

慈眼欢喜 /206/ 感同身受 /212/ 博爱与大悲 /214/ 幸福的开关 /221/ 迷路的云 /224/ 老兵之凋零 /233/ 忧伤之雨 /238/ 三生石上旧精魂 /240/

第一部分

情缘相聚，互道珍惜

"星光月光转无停，人生呀人生，冷暖世情多演变，人生宛如走马灯。"每次到过年就会想到这首歌，想到星月的流转，年华的短促；想起历尽沧桑的情景，悲欢离合转不停……这时候就会觉得只要能珍惜着今年今夜、此情此景，便是生命的幸福了。

飞入芒花

童年时代,陪伴母亲看萤火虫飞入芒花的星星点点,在时空无常的流变里也不再有了。

母亲蹲在厨房的大灶旁边,手里拿着柴刀,用力劈砍香蕉树多汁的草茎,然后把剁碎的小茎丢到灶中大锅,与溲水同熬,准备去喂猪。我从大厅迈过后院,跑进厨房时正看到母亲额上的汗水反射着门口射进的微光,非常明亮。

"妈,给我两角钱。"我靠在厨房的木板门上说。

"走!走!走!没看到没闲吗?"母亲头也没抬,继续做她的活儿。

"我只要两角钱。"我细声但坚定地说。

"要做什么?"母亲被我这异乎寻常的口气触动,终于看了我一眼。

"我要去买金啖。"金啖是三十年前乡下孩子唯一能吃到的糖,浑圆的,坚硬的糖球上面黏了一些糖粒。一角钱两粒。

"没有钱给你买金啖。"母亲用力地把柴刀剁下去。

"别人都有,为什么我们没有?"我怨愤地说。

"别人是别人,我们是我们,没有就是没有,别人做皇帝你怎么不去做皇帝?!"母亲显然动了肝火,用力地剁香蕉块。柴刀砍在砧板上咚咚作响。

"妈妈是怎么做的?连两角钱买金啖都没有?"

母亲不再作声,继续默默工作。

我那一天是吃了秤锤铁了心,冲口而出:"不管,我一定要!"说着就用力踢厨房的门板。

母亲用尽力气,柴刀咔的一声站立在砧板上,顺手抄起一根生火的竹管,气急败坏地一言不发,劈头劈脑就打了下来。

我一转身,飞也似的蹦了出去,平常,我们一旦忤逆了母亲,只要一溜烟跑掉,她就不再追究,所以只要母亲一火,我们总是一口气跑出去。

那一天,母亲大概是气极了,并没有转头继续工作,反而快速地追了出来。我正奇怪的时候,发现母亲的速度异乎寻常的快,几乎像一阵风一样,我心里升起一种恐怖的感觉,想到脾气一向很好的母亲,这一次大概是真正生气了,万一被抓到一定会被狠狠打一顿。母亲很少打我们,但只要她动了手,必然会把我们打到讨饶为止。

边跑边想,我立即选择了那条火车路的小径,那是条附近比较复杂而难走的小路,整条都是枕木,铁轨还通过旗尾溪,悬空架在上面,我们天天都在这里玩耍,路径熟悉,通常母亲追我们的时候，我们就选这条路跑，母亲往往不会追来，而她也很少把气生到晚上，只要晚一点回家，让她担心一下，她气就消了，顶多也只是数落一顿。

那一天真是反常，母亲提着竹管，快步地跨过铁轨的枕木追过来，好像不追到我不肯罢休。我心里虽然害怕，却还是有恃无恐，因为我的身高已经长得快与母亲平行了，她即使用尽全力也追不上我，何况是在火车路上。

我边跑还边回头望母亲，母亲脸上的表情是冷漠而坚决的。我们一直维持着二十几米的距离。

"哎哟！"我跑过铁桥时，突然听到母亲惨叫一声，一回头，正好看到母亲扑跌在铁轨上面，砰的一声，显然跌得不轻。

我的第一个反应是：一定很痛！因为铁轨上铺的都是不规则的碎石子，我们这些小骨头跌倒都痛得半死，何况是妈妈？

我停下来，转身看母亲，她一时爬不起来，用力搓着膝盖，我看到鲜血从她的膝上流出，鲜红色的，非常鲜明。母亲咬着牙看我。

我不假思索地跑回去，跑到母亲身边，用力扶她站起，看到她腿上的伤势实在不轻，我跪下去说："妈，您打我吧！我错了。"

母亲把竹管用力地丢在地上，这时，我才看见她的泪从眼中急速地流出，然后她把我拉起，用力抱着我，我听到火车从很远很远的地方开过来。

我用力拥抱着母亲说："我以后不敢了。"

这是我小学二年级时的一幕，每次一想到母亲，那情景就立即回到我的心版，重新显影，我记忆中的母亲，那是她最生气的一次。其实，母亲是个很温和的人，她最不同的一点是，她从来不埋怨生活，很可能她心里也是埋怨的，但她嘴里从不说出，我这辈子也没听她说过一句粗野的话。

因此，母亲是比较倾向于沉默的，她不像一般乡下的妇人喋喋不休。这可能与她的教育、与个性都有关系。在母亲的那个年代，她算是幸运的，因为接受了初中的教育，日本占领时期的乡间能读到初中已算是知识分子了，何况是个女子。在我们那方圆几里内，母亲算是知识丰富的人，而且她写得一手娟秀的字，这一点是我小时候常引以为傲的。

我的基础教育都是来自母亲，很小的时候她就把《三字经》写在日历纸上让我背诵，并且教我习字。我如今写得一手好字就是受到她的影响，她常说："别人从你的字里就可以看出你的为人和性格了。"

早期的农村社会，一般孩子的教育都落在母亲的身上，因为孩子多，父亲光是养家已经没有余力教育孩子。我们很幸运的，有一位明理的、有知识的母亲。这一点，我的姊姊体会得更深刻，她考上大学的时候，母亲力排众议对父亲说："再苦也要让她把大学读完。"在二十年前的乡间，给女孩子去读大学是需要很大的决心与勇气的。

母亲的父亲——我的外祖父——在他居住的乡里是颇受敬重的士绅，日本占领时期在政府机构任职，又兼营农事，是典型耕读传家的知识分子。他连续拥有了八个男孩，晚年时才生下母亲，因此，母亲的童年与少女时代格外受到钟爱，我的八个舅舅时常开玩笑地说："我们八个兄弟合起来，还比不上你母亲受宠爱。"

母亲嫁给父亲是"半自由恋爱"，由于祖父有一块田地在外祖父家旁，父亲常到那里去耕作，有时借故到外祖父家歇脚喝水，就与母亲相识，互相闲谈几句，生起一些情意。后来祖父央媒人去提亲，外祖父见父亲老实可靠，勤劳能负责任，就答应了。

父亲提起当年为了博取外祖父母和舅舅们的好感，时常挑着两百多斤的农作物在母亲家门前来回走过，才能顺利娶回母亲。

其实，父亲与母亲在身材上不是十分相配的，父亲是身高一米八的巨汉，母亲的身高只有一米五，相差达三十公分。我家有一幅他们的结婚照，母亲站着到父亲耳际，大家都觉得奇怪，问起来，才知道宽大的白纱礼服里放了一个圆凳子。

母亲是嫁到我们家才开始吃苦的，我们家的田原广大，食指浩繁，是当地少数的大家族。母亲嫁给父亲的头几年，大伯父、二伯父相继过世，大伯母也随之去世，家外的事全由父亲撑持，家内的事则由二伯母和母亲负担，一家三十几口的衣食，加上养猪饲鸡，辛苦与忙碌可以想见。

我印象里还有几幕影像鲜明的静照，一幕是，母亲以蓝底红花背巾背着我最小的弟弟，用力撑着猪栏要到猪圈里去洗刷猪的粪便。那时母亲连续生了我们六个兄弟姊妹，家事操劳，身体十分瘦弱。我小学一年级，么弟一岁，我常在母亲身边跟进跟出，那一次见她用力撑着跨过猪圈，我第一次体会到母亲的辛苦而落下泪来，如今那一条蓝底红花背巾的图案还时常浮现出来。

另一幕是，有时候家里缺乏青菜，母亲会牵着我的手，穿过家门前的一片菅芒花，到番薯田里去采番薯叶，有时候则到溪畔野地去摘乌莘菜或芋头的嫩茎。有一次母亲和我穿过芒花的时候，我发现她和新开的芒花一般高，芒花雪样的白，母亲的发墨一般的黑，真是非常的美。那时感觉到能让母亲牵着手，真是天下最幸福的事。

还有一幕是，大弟因小儿麻痹死去的时候，我们都忍不住大声哭泣，唯有母亲以双手掩面悲号，我完全看不见她的表情，只见到她的两道眉毛一直在那里抽动。依照习俗，死了孩子的父母在孩子出殡那天，要用拐杖击打棺木，以责备孩子的不孝，但是母亲坚持不用拐杖，她只是扶着弟弟的棺木，默默地流泪，母亲那时的样子，到现在在我心中还鲜明如昔。

还有一幕经常上演的，是父亲到外面去喝酒彻夜未归，如果是夏日的夜晚，母亲就会搬着藤椅坐在晒谷场说故事给我们听，讲虎姑婆，或者孙悟空，讲到孩子都撑不开眼睛而倒在地上睡着。

有一回，她说故事到一半，突然叫起来说："呀！真美。"我们回过头去，原来是我们家的狗互相追逐跑进前面那一片芒花，栖在芒花里无数的萤火虫哗然飞起，满天星星点点，衬着在月下波浪一样摇曳的芒花，真是美极了。美得让我们都呆住了。我再回头，看到那时才三十岁的母亲，脸上流露着欣悦的光泽，在星空下，我深深觉得母亲是多么的美丽，只有那时满天的萤火才配得上母亲的美。

于是那一夜，我们坐在母亲身侧，看萤火虫一一地飞入芒花，最后，只剩下一片宁静优雅的芒花轻轻摇动，父亲果然未归，远处的山头晨曦微微升起，萤火在芒花中消失。

我和母亲的因缘也不可思议，她生我的那天，父亲急急跑出去请产婆来接生，产婆还没有来的时候我就生出来了，是母亲拿起床头的剪刀亲手剪断我的脐带，使我顺利地投生到这个世界。

年幼的时候，我是最令母亲操心的一个，她为我的病弱不知道流了多少泪，在我得急病的时候，她抱着我跑十几里路去看医生，是常有的事。尤其在大弟死后，她对我的照顾更是无微不至，我今天能有很好的身体，是母亲在十几年间仔细调护的结果。

我的母亲是这个世界上无数的平凡人之一，却也是这个世界上无数伟大的母亲之一，她是那样传统，有着强大的韧力与耐力，才能从艰苦的农村生活过来，丝毫不怀有怨恨。她们那一代的生活目标非常的单纯，只是顾着丈夫、照护儿女，几乎从没有想过自己的存在，在我的记忆中，母亲的忧病都是因我们而起，她的快乐也是因我们而起。

不久前，我回到乡下，看到旧家门前的那一片芒花已经完全不见了，盖起一间一间的透天厝，现在那些芒花呢？仿佛都飞来开在母亲的头上，母亲的头发已经花白了，我想起母亲年轻时候走过芒花的黑发，不禁百感交集。尤其是父亲过世以后，母亲显得更孤单了，头发也更白了，这些，都是她把半生的青春拿来抚育我们的代价。

童年时代，陪伴母亲看萤火虫飞入芒花的星星点点，在时空无常的流变里也不再有了，只有当我望见母亲的白发时才想起这些，想起萤火虫如何从芒花中哗然飞起，想起母亲脸上突然绽放的光泽，想起在这广大的人间，我唯一的母亲。

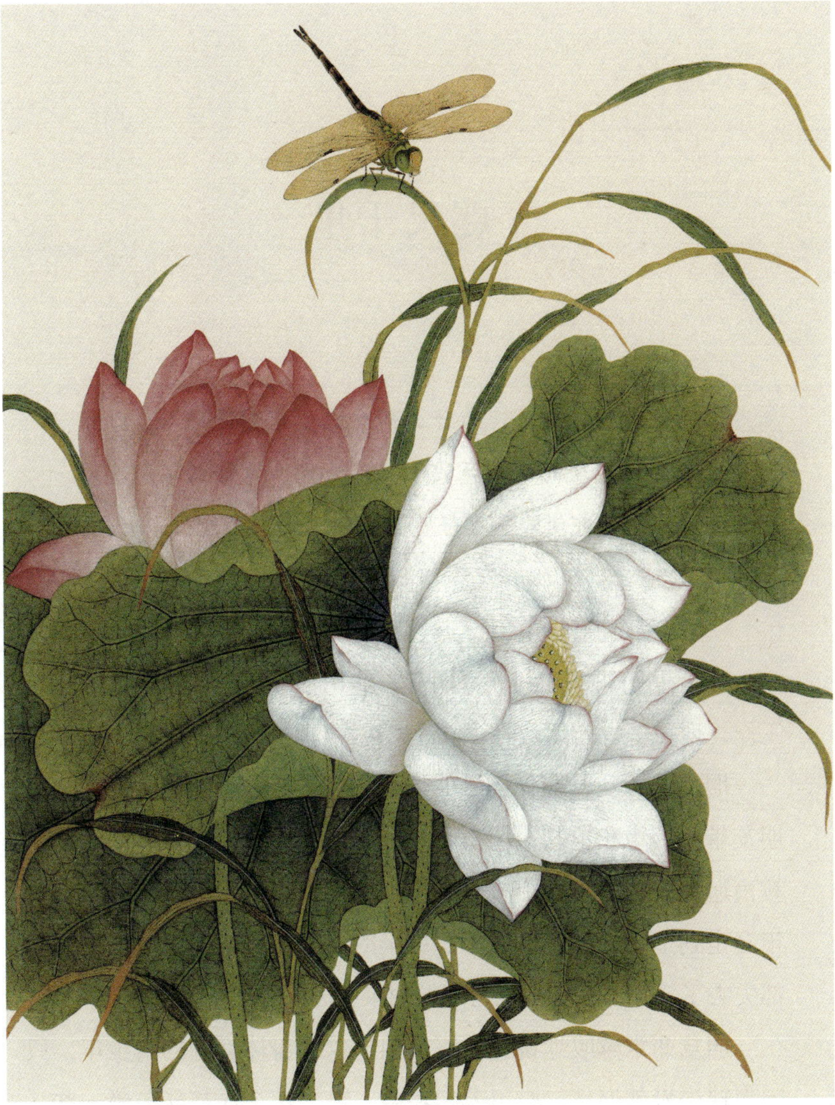

咫尺千里

使我痛心的是，为什么那些勇于承担爱的人，往往为了得到咫尺的爱而奔波千里？为什么有好的环境可以去爱的人，却使唾手可得的爱流放于千里之外？

今天下午偶然遇到一个朋友，他正在参与拯救青少年的义工工作，现在进行的活动叫作"远离边缘"。

朋友告诉我一些他接触的个案，有一些青少年因为无知，被朋友带去吸毒和抢劫；还有一些因为成绩不好，被社会和学校的教育遗弃，只好流浪街头，做出犯法的事。但是，大部分的青少年会走到边缘，是由于缺少父母亲的爱，当一个人连父母亲的爱都失去了，就什么坏事也可能做出来了。

朋友非常感叹地说："每次想到这些身体强健的青少年，只因为缺少爱就变坏，心里就很着急，真想每个人都能多爱一些，说不定能支持他们远离边缘。"

我们更感慨的是，这几十年来社会的变迁和教育的失败，使一般的人——不论是青少年或是成人——都失去了爱的表达能力。我们花更多的时间追求物质的生活，却吝于花一点时间来对待自己的亲人；我们用更多的力气在一些外面的琐事上，却舍不得多给最亲的人一些关怀。

那些身强体壮、有无限精力的青少年，他们会变得茫然，成为边缘人，整个社会都有责任。

因为这个社会愈来愈多的是冷漠，而愈来愈少的是爱。

我对朋友说："只有爱，才能拯救这个社会呀！"

这个社会确实存在许多的边缘，但边缘指的不是文化的或社会的，我们在最繁华的都市里，反而有最多边缘的青少年；在最富有的家庭里，可能培育出最冷漠的心灵。

与朋友谈天结束后，我沿着忠孝东路散步走回家，看着那些外表坚实华丽的大楼，内部是那样冷硬而无感，过于巨大的招牌杂乱无章地挂着。

这些大楼、这些招牌，不正是这个社会人心的显现吗？

我们有着更大的占据与高耸的外表，却有更多的流失与更大的荒芜，我们失去的是心灵的故乡与思想的田园，这是使我们流落于边缘的根源呀！

回到家，我接到儿子读幼稚园时的一位老师寄给我的稿子，这本稿子是一个母亲的日记。

这个母亲因为怀孕时受到病毒感染，生下一个先天畸形的女婴，取名为"心澄"，期望小女孩虽然残缺，还能"心澄如水，能清楚地照见自己、照见世间"。

但是,心澄生下来之后,残缺还没有结束,因为她的脑部病变是"进行式"的,心澄先是肠胃病弱,接着是四肢萎缩,再后来是脊椎侧弯,情况一天比一天更糟。

不管情况变得多么糟,心澄的母亲汪义丽女士永不放弃,甚至"连一天也没有离开过孩子",她带着孩子对抗疾病,对抗残酷的命运,坚持到底。那是源自于她有非常充沛的爱,这爱是泉源,不会枯竭。

心澄在父母亲的爱里,最后还是走了,一共只活了四年的时间,留下来的,是母亲在这四年中写下的充满光辉和泪水的日记。

我跟随着这一本日记,跟随着互相深爱的母女的悲喜,希望能寻找到命运的阳光。

终至我深深地叹息了。

即使如此丰盈的爱,也无力回天,大化实在太无情了。

尽管大化无情,但真正纯粹的爱里,过程是比结局远为重要的,"爱别离"既是人生的必然,却很少人知道,只要完全融入地爱过,别离也就不能拘限我们了。

另外使我叹息的是这世间的荒诞,许多身强体健的青少年形同被父母遗弃;许多面貌姣好的少女被父母像货品一样出售。反而许多父母的心肝宝贝,却是身心有残缺的,唉唉!大化岂止是无情而已!

在这流动的世间、流转的人情里,是必然的,还是偶然的?

如果是偶然的,人生不就如同风云雨露吗?

如果是必然的,存在的理由又是什么呢?

那必然的存在,是为了启示我们、成就我们,让我们学习更繁剧的生命课程，以彻底转化我们的心性。

　　对于能不断学习和超越的人，由于转化、启示与成就，所以折磨是好的，受苦也是好的。

　　当我读到心澄的母亲每个字都以血泪铸造的日记，看到她如何在不断的失望、无望、绝望中转化与超拔，使我想到"母心即是佛心，佛心即是母心"的句子。

　　我也为心澄而感到安慰，虽然她在人间只有短短四年，却沐浴在浓郁的爱里，她所得到的爱可能超过那因为缺乏爱而沦落边缘的人一生的总和。

　　我宁可把心澄的生命历程看成是一个不凡的示现，她以短暂的生命来启示她身边的人，而她的母亲为她做的真实记录，但望能启示更多徘徊在爱的边缘的人，回到生命的中心——爱里来。

　　我想，天下的父母如果都肯为孩子记录一些生命的日记，并且有义丽那样细腻的爱，那我们的孩子就有福了，他们再也不会陷入边缘，不论他们是强健或缺陷，不论他们是资优生或牛头班，都能无憾地成长，昂然立于天地之间。

　　在我们这样的时代和社会，只有更无私的爱，才有拯救的力量。

　　使我痛心的是，为什么那些勇于承担爱的人，往往为了得到咫尺的爱而奔波千里？为什么有好的环境可以去爱的人，却使唾手可得的爱流放于千里之外？

　　从偶然而观之，但愿天地间相隔千里的心，都可以在咫尺相聚。

　　从必然观之，但愿由前世情缘相聚的人，都可以互相珍惜。

　　我们都要深信：这世界没有真正的边缘！

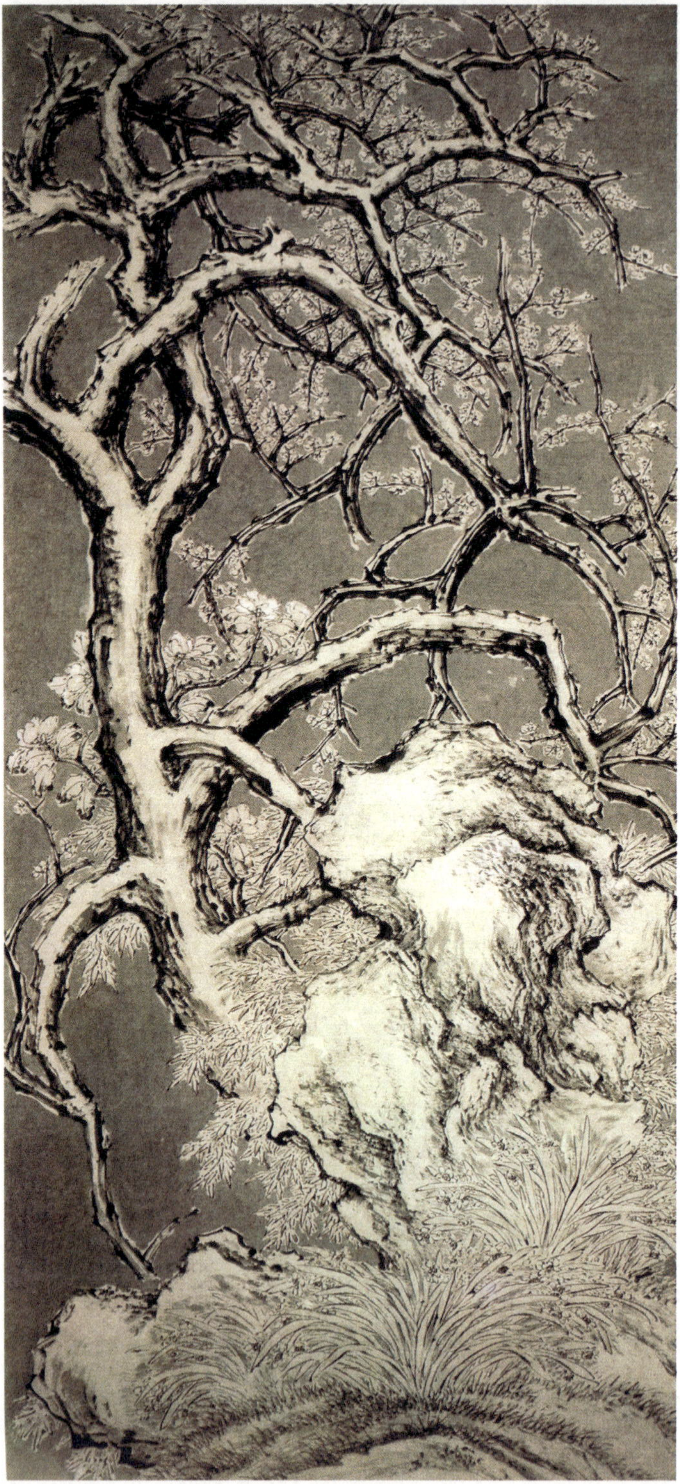

白雪少年

　　那一张泡泡糖的包装纸,整整齐齐,毫无损毁,却宝藏了一段十分快乐的记忆,使我想起真如白雪一样无瑕的少年岁月,因为它那样白那样纯洁,几乎所有的事物都可以涵容。

　　我小学时代使用的一本国语字典,被母亲细心地保存了几十年,最近才从母亲的红木书柜里找到。那本字典被小时候粗心的手指扯了许多页,大概是拿去折纸船或飞机了,现在怎么回想都记不起来,由于有那样的残缺,更使我感觉到一种任性的温暖。
　　更惊奇的发现是,在翻阅这本字典时,找到一张已经变了颜色的"白雪公主泡泡糖"的包装纸,那是一张长条的鲜黄色纸,上面用细线印了一个白雪公主的面相,于今看起来,公主的图样已经有一点粗糙简陋了。至于如何会将白雪公主泡泡糖的包装纸夹在字典里,更是无从回忆。

到底是在上国语课时偷偷吃泡泡糖夹进去的，还是有意保存了这张包装纸呢？翻遍国语字典也找不到答案。记忆仿佛自时空遁去，渺无痕迹了。唯一记得的倒是那一种旧时乡间十分流行的泡泡糖，是粉红色长方形十分粗大的一块，一块五毛钱。对于长在乡间的孩子，那时的五毛钱非常昂贵，是两天的零用钱，常常要咬紧牙根才买得起一块，一嚼就是一整天，吃饭的时候把它吐在玻璃纸上包起，等吃过饭再放到口里嚼。

父亲看到我们那么不舍得一块泡泡糖，常生气地说："那泡泡糖是用脚踏车坏掉的轮胎做成的，还嚼得那么带劲！"记得我还傻气地问过父亲："是用脚踏车轮胎做的？怪不得那么贵！"惹得全家人笑得喷饭。

说是"白雪公主泡泡糖"，应该是可以吹出很大气泡的，却不尽然。吃那泡泡糖多少靠运气，记得能吹出气泡的大概五块里才有一块，许多是硬到吹弹不动，更多的是嚼起来不能结成固体，弄得一嘴糖沫，赶紧吐掉，坐着伤心半天。我手里的这一张可能是一块能吹出大气泡的包装纸，否则怎么会小心翼翼地夹做纪念呢？

我小时候并不是那种很乖的孩子，常常为着要不到两毛钱的零用就赖在地上打滚，然后一边打滚一边偷看母亲的脸色，直到母亲被我搞烦了，拿到零用钱，我才欢天喜地地跑到街上去，或者就这样去买了一个"白雪公主"，然后就嚼到天黑。

长大以后，再也没有在店里看过"白雪公主泡泡糖"，都是细致而包装精美的一片一片的"口香糖"；每一片都能嚼成形，每一片都能吹出气泡，反而没有像幼年一样能体会到买泡泡糖靠运气的心情。偶尔看到口香糖，还会想起童年，想起嚼"白雪公主"的滋味，但也总是一闪即逝，了无踪迹。直到看到国语字典中的包装纸，才坐下来顶认真地想起"白雪公主泡泡糖"的种种。

如果现在还有那样的工厂，恐怕不再是用脚踏车轮胎制造，可能是用飞机轮子了——我这样游戏地想着。

那一本母亲珍藏十几年的国语字典，薄薄的一本，里面缺页的缺页、涂抹的涂抹，对我已毫无用处，只剩下纪念的价值。那一张泡泡糖的包装纸，整整齐齐，毫无损毁，却宝藏了一段十分快乐的记忆，使我想起真如白雪一样无瑕的少年岁月，因为它那样白那样纯洁，几乎所有的事物都可以涵容。

那些岁月虽在我们的流年中消逝，但借着非常非常微小的事物，往往一勾就是一大片，仿佛是草原里的小红花，先是看到了那朵红花，然后发现了一整片大草原，红花可能凋落，而草原却成为一个大的背景，我们就在那背景里成长起来。

那朵红花不只是"白雪公主泡泡糖"，可能是深夜里巷底按摩人的悠长的笛声，可能是收破铜烂铁老人沙哑的叫声，也可能是夏天里卖冰淇淋小贩的喇叭声……有一回我重读小学时看过的《少年维特的烦恼》，书里就曾夹着用歪扭字体写成的纸片，只有七个字："多么可怜的维特！"其实当时我哪里知道歌德，只是那七个字，让我童年伏案的身影整个显露出来，那身影可能和维特是一样纯情的。

有时候我不免后悔童年留下的资料太少，常想："早知道，我不会把所有的笔记簿卖给收破烂的老人。"可是如果早知道，我就不是纯净如白雪的少年，而是一个多虑的少年了。那么丰富的资料原也不宜留录下来，只宜在记忆里沉潜，在雪泥中找到鸿爪，或者从鸿爪体会那一片雪。这样想时，我就特别感恩着母亲。因为在我无知的岁月里，她比我更珍视我所拥有过的童年，在她的照相簿里，甚至还有我穿开裆裤的照片。那时的我，只有父母有记忆，对我是完全茫然了，就像我虽拥有"白雪公主泡泡糖"的包装纸，那块糖已完全消失，只留下一点甜意——那甜意竟也有赖母亲爱的保存。

葫芦瓢子

母亲保有的葫芦瓢子也自有天地日月，不是一勺就能说尽的，我用那把葫芦瓢子时，也几乎贴近了母亲的心情，看到她的爱，以及我们二十多年成长岁月中，母亲的艰辛。

在我的老家，母亲还保存着许多十几二十年前的器物，其中有许多是过了时、现在已经毫无用处的东西，有一件，是母亲日日仍用着的葫芦瓢子。她用这个瓢子舀水煮饭，数十年没有换过，我每次看她使用葫芦瓢子，思绪就仿佛穿过时空，回到了我们快乐的童年。

犹记我们住在山间小村的一段日子，在家的后院有一座用竹子搭成的棚架，利用那个棚架，我们种了毛豆、葡萄、丝瓜、瓠瓜、葫芦瓜等一些藤蔓的瓜果，使我们四季都有新鲜的瓜果可食。

其中最有用的是丝瓜和葫芦瓜，结成果实的时候，母亲常常站在棚架下细细地观察，把那些形状最美、长得最丰富的果子留住，其他的就摘下来做菜。

被留下来的丝瓜长到全熟以后，就在棚架下干掉了，我们摘下干的丝瓜，将它剥皮，显出它松轻干燥坚实的纤维，母亲把它切成一节一节的，成为我们终年使用的"丝瓜布"，可以用来洗油污的碗盘和锅铲，丝瓜籽则留着隔年播种。采完丝瓜以后，我们把老丝瓜树斩断，在根部用瓶子盛着流出来的丝瓜露，用来洗脸。一棵丝瓜就这样完全利用了。现在有很多尼龙的刷洗制品称为"菜瓜布"，很多化学制的化妆品叫作"丝瓜露"，可见得丝瓜旧日在民间的运用之广和深切的魅力。

我们种的葫芦瓜也是一样，等它完全熟透在树上枯干以后摘取，那些长得特别大而形状不够美的，就切成两半拿来当舀水、盛东西的勺子。长得形状均匀美丽的，便在头部开口，取出里面的瓜肉和瓜子，只留下一具坚硬的空壳，可以当水壶与酒壶。

在塑胶还没有普遍使用的农业社会，葫芦瓜的使用很广，几乎成为家家必备的用品，它伴着我们成长。到今天，葫芦瓜的自然传统已经消失，葫芦也成为民间艺品店里的摆饰，不知情的孩子怕是难以想象它是《论语》里"一箪食，一瓢饮，在陋巷，人不堪其忧，回也不改其乐"与人民共呼吸的器物吧！生活在台湾刚光复那几年的人，谁没有尝过"一箪食，一瓢饮"的情境呢？

葫芦的联想在民间有着悠久的历史，许多甚受欢迎的人物，像铁拐李、济公等的腰间都悬着一把葫芦，甚至《水浒传》里的英雄、

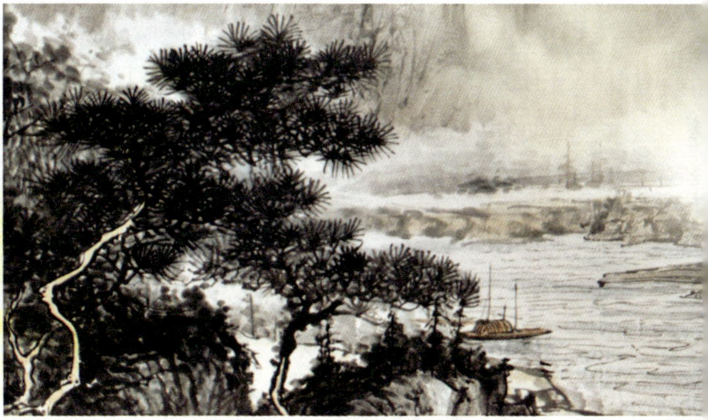

武侠小说中的丐帮侠客，葫芦更是必不可少。早在《后汉书》的正史也有这样的记载："市中有老翁卖药，悬一壶于肆头，及市罢，辄跳入壶中，市人莫之见。"

在《云笈七签》中更说："施存，鲁人，夫子弟子。学大丹之道，三百年，十炼不成，唯得变化之术。后遇张申为云台治官，常悬一壶，如五升器大，化为天地，中有日月，如世间。夜宿其内。"可见民间的葫芦不仅是酒器、水壶、药罐，甚至大到可以涵容天地日月，无所不包。到了乱离之世，仙人腰间的葫芦，常是人民心中希望与理想的寄托，葫芦之为用大矣！

我每回看美国西部电影，见到早年的拓荒英雄自怀中取出扁瓶的威士忌豪饮，就想到中国人挂在腰间的葫芦。威士忌的瓶子再美，都比不上葫芦的美感，这是无可如何的事，因为在葫芦的壶中，有一片浓厚的乡关之情和想象的广阔天地。

母亲还在使用的葫芦瓢子虽没有天地日月那么大，但那是早年农庄生活的一个纪念，当时还没有自来水，我们家引泉水而饮，用竹筒把山上的泉水引到家里的大水缸，水缸上面永远漂浮着一把葫芦瓢子，光滑的、乌亮的，琢磨着种种岁月的痕迹。

现代的勺子有许多精美的制品，我问母亲为什么还用葫芦瓢子，她淡淡地说："只是用习惯了，用别的勺子都不顺手。"可是在我而言，却有许多感触。我们过去的农村生活早就改变了面貌，但是在人们心中，自然所产生的果实总是最可珍惜，一把小小的葫芦瓢子似乎代表了一种心情——社会再进化，人心中珍藏的岁月总不会完全消失。

我回家的时候，喜欢舀一瓢水，细细看着手中的葫芦瓢子，它在时间中老去了，表皮也有着裂痕，但我们的记忆像那瓢子里的清水，永远晶明清澈，凉入肺腑。那时候我知道，母亲保有的葫芦瓢子也自有天地日月，不是一勺就能说尽的，我用那把葫芦瓢子时，也几乎贴近了母亲的心情，看到她的爱，以及我们二十多年成长岁月中，母亲的艰辛。

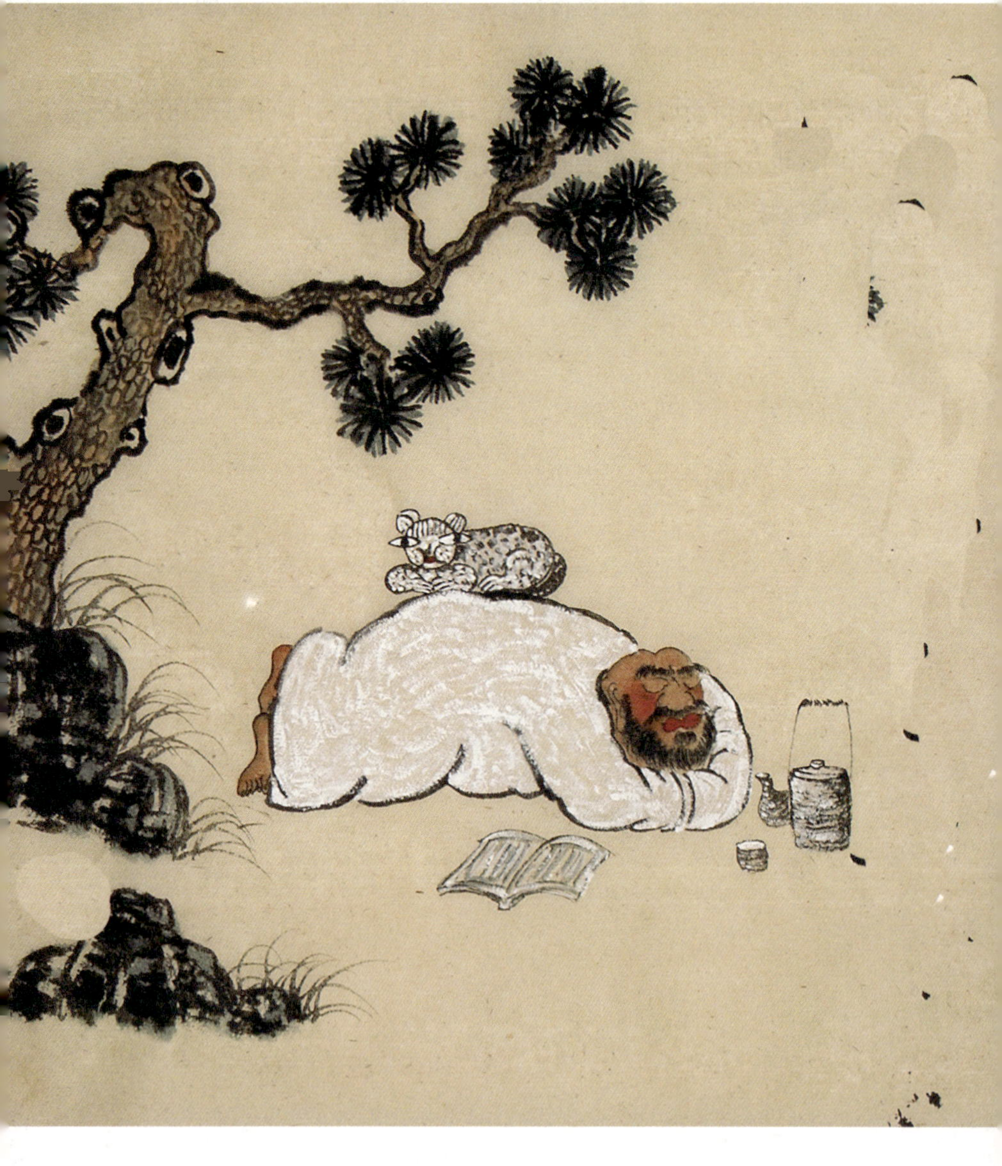

卡其布制服

在那时初次认识到年景的无常,人有时甚至不能安稳地过一个年,而我也认识到,只要在坏的情况下,还维持人情与信用,并且不失去伟大的愿望,那么再坏的年景也不可怕。

过年的记忆,对一般人来说当然都是好的,可是当一个人无法过一个好年的时候,过年往往比平常带来更深的寂寞与悲愁。

有一年过年,当我听母亲说那一年不能给我们买新衣新鞋,忍不住跑到院子里靠在墙砖上哭出了声。

那一年我十岁,本来期待着过年买一套新衣已经期待了几个月。在那个年代,小孩子几乎是没有机会穿新衣的,我们所有的衣服鞋子都是捡哥哥留下的,唯一的例外是过年,只有过年时可以买新衣服。

其实新衣服也不见得是漂亮的衣服,只是买一件当时最流行的特多龙布料制服罢了。但即使这样,有新衣服穿是可以让人兴奋好久的,我到现在都可以记得当时穿新衣服那种颤抖的心情,而新衣服特有的棉香气息,到现在还依稀留存。

在乡下,过年给孩子买一套新制服竟成为一种时尚,过年那几天,满街跑着的都是特多龙的卡其制服,如果没有买那么一件,真是自惭形秽了。差不多每一个孩子在过年没有买新衣,都要躲起来哭一阵子,我也不例外。

那一次我哭得非常伤心,后来母亲跑来安慰我,说明为什么不能给我们买新衣的原因。因为那一年年景不好,收成抵不上开支,使我们连杂货店里日常用品的欠债都无法结清,当然不能买新衣了。

我们家是大家庭,一家子有三十几口,那一年尚未成年的兄弟姊妹就有十八个,一人一件新衣,就是最廉价的,也是一大笔开销。

那一年,我们连年夜饭都没吃,因为成年的男人都跑到外面去躲债了。一下子是杂货店、一下子是米行、一下子是酱油店跑来收账,简直一点解决的办法也没有。那些人都是殷实的小商人,我们家也是勤俭的农户,但因为年景不好,却在除夕那天相对无言。

当时在乡下,由于家家户户都熟识,大部分的商店都可以赊欠的,每半年才结算一次。因此过年前几天,大家都忙着收账,我们家人口众多,每一笔算起来都是不小的数目,尤其在没有钱的时候,听来更是心惊。

有一个杂货店老板说:"我也知道你们今年收成不好,可是欠债也不能不催,我不催你们,又怎么去催别人呢?"

除夕夜,大人到半夜才回家来。他们已经到山上去躲了几天了,每个人都是满脸风霜,沉默不言,气氛非常僵硬。依照习俗,过年时的欠债只能催讨到夜里子时,过了子时就不能讨债了,一直到初五"隔开"时,才能再上门要债。爸爸回来的时候,我们总算松了口气,那时就觉得,没有新衣服穿也不是什么要紧事,只要全家人能团聚也就好了。

第二天,爸爸还带着我们几个比较小的孩子到债主家拜年,每一个人都和和气气的,仿佛没有欠债那一回事,临走时,他们总是说:"过完年再来交关吧!"

对于中国人的人情礼义,我是那一年才有一些懂了。在农村社会,信用与人情都是非常重要的,有时候不能尽到人情,但由于过去的信用,使人情也并未被破坏。当然,类似"跑债"的行为,也只反映了人情的可爱,因为在双方的心里,其实都是知道一笔债是不可能跑掉的。土地在那里,亲人在那里,乡情在那里,都是跑不掉的。

对生活在都市里的、冷漠的现代人,几乎难以想象三十年前乡下的人情与信用,更不用说对过年种种的知悉了。

对农村社会的人,过年的心比过年的形式重要得多。记得我小时候,爸爸在大年初一早上到寺庙去行香,然后去向亲友拜年,下午他就换了衣服,到田里去水,并看看农作物生长的情况。大年初二也是一样,就是再松懈,也会到田里走一两回,那也不尽然是习惯,而是一种责任,因为,如果由于过年的放纵,使农作物败坏，责任要如何来担呢？所以心在过年，行为并没有真正的休息。

那一年过年，初一下午我就随爸爸到田里去，看看稻子生长的情形。走累了，爸爸坐下来把我抱在他的膝上，说："我们一起向上天许愿，希望今年风调雨顺、国泰民安，大家都有好收成。"我便闭起眼睛，专注地祈求上天保佑我们那一片青翠的田地。许完愿，爸爸和我都流出了眼泪。我第一次感觉到人与天地有着浓厚的关系，并且在许愿时，我感觉到愿望仿佛可以达成。

开春以后，家人都很努力工作，很快就把积欠的债务，在春天第一次收成里还清。

那一年的年景到现在仍然有非常清晰的记忆，当时礼拜菩萨时点燃的香，到现在都还在流荡。我在那时初次认识到年景的无常，人有时甚至不能安稳地过一个年，而我也认识到，只要在坏的情况下，还维持人情与信用，并且不失去伟大的愿望，那么再坏的年景也不可怕。

如果不认识人的真实，没有坚持的愿望，就是天天过年，天天穿新衣，又有什么意思呢？

有很多梦是遥不可及的，但只要坚持，就可能实现。

长命菜

只要我们的爱与幸福可以绵延,使欢喜充满在每一刻,那就是生命最大的祝愿了。

每年在围炉吃年夜饭的时候,妈妈都会准备一盘"长命菜",长命菜是南部乡下的习俗,几乎每一家都会准备。

"长命菜"并不是什么特别的菜,只是普通的菠菜,由于是农民为过年习俗特别种植的,又和一般菠菜不一样。大约是菠菜长到八寸至一尺长时采摘,采的时候要连根拔起,不论根、茎、叶都不可折断。

采好后洗净,一束束摆在菜摊,绿色的茎叶配着艳红的根,非常好看。

家里还种菜的时候,妈妈会在除夕当天的清晨到菜园去采菠菜,每次都是小心翼翼,生怕折断了菠菜。后来家里不种菜了,就会到市场去选特别嫩的菠菜来做"长命菜"。

"长命菜"的做法最简单了，就是把菠菜放在水里烫熟，一棵棵摊平摆在盘中（不可弯折），每次看到煮熟的菠菜，都使我想起李翰祥电影《乾隆下江南》里，乾隆皇帝到江南吃到一道名菜"红嘴绿鹦哥"，认为是人间至极的美味，其实只是连着根的菠菜罢了。

"不可咬断，要连根一起吞下去！"要吃"长命菜"前，爸爸都会煞有介事地叮咛我们，并且先示范表演一番。

我们都会信以为真，然而小孩子喉咙细，吞起一棵菠菜也不是那么容易的，好不容易把一棵"长命菜"吞进腹中，耳畔就会响起一片鼓励的掌声，等到所有的人把"长命菜"吞完，年夜饭才算正式开始。

"长命菜"是乡下平凡百姓对生命最大的祝愿，希望新的一年有一个好的开始，并且能长命百岁，生命纵使有苦难的时刻，因为有这样的祝愿，仿佛幸福也在不远之前。

当然，吃"长命菜"不会使人长命百岁，从小逼迫我们吃"长命菜"的父亲，早就走完人生的旅程；与我们排队吃"长命菜"的堂兄弟姊妹，也有四位离开了人世；其他的兄弟姊妹也因为散居世界各地而星云四散了。

"长命菜"不长命，团圆饭不团圆，这并不是什么悲哀的事，而是人间的真情实景。我们每年还是渴望着团圆，笑闹着吃"长命菜"，因为那是一种"希望工程"，希望我们能珍惜今生的缘会，希望我们都能活得更长命，来和亲爱的家人相守。

闽南语歌曲《走马灯》里有这样几句："星光月光转无停，

人生呀人生,冷暖世情多演变,人生宛如走马灯。"每次到过年就会想到这首歌,想到星月的流转,年华的短促;想起历尽沧桑的情景,悲欢离合转不停……这时候就会觉得只要能珍惜着今年今夜、此情此景,便是生命的幸福了。

儿时吃"长命菜"那种欢欣鼓舞的景象,常常宛如生命的掌声,推着我们前进。

只要我们的爱与幸福可以绵延,使欢喜充满在每一刻,那就是生命最大的祝愿了。

因此,不管我在天涯海角,每年过年的时候,我都会亲自准备一盘"长命菜",想起父亲,还有一些难以忘怀的生命的痕迹!

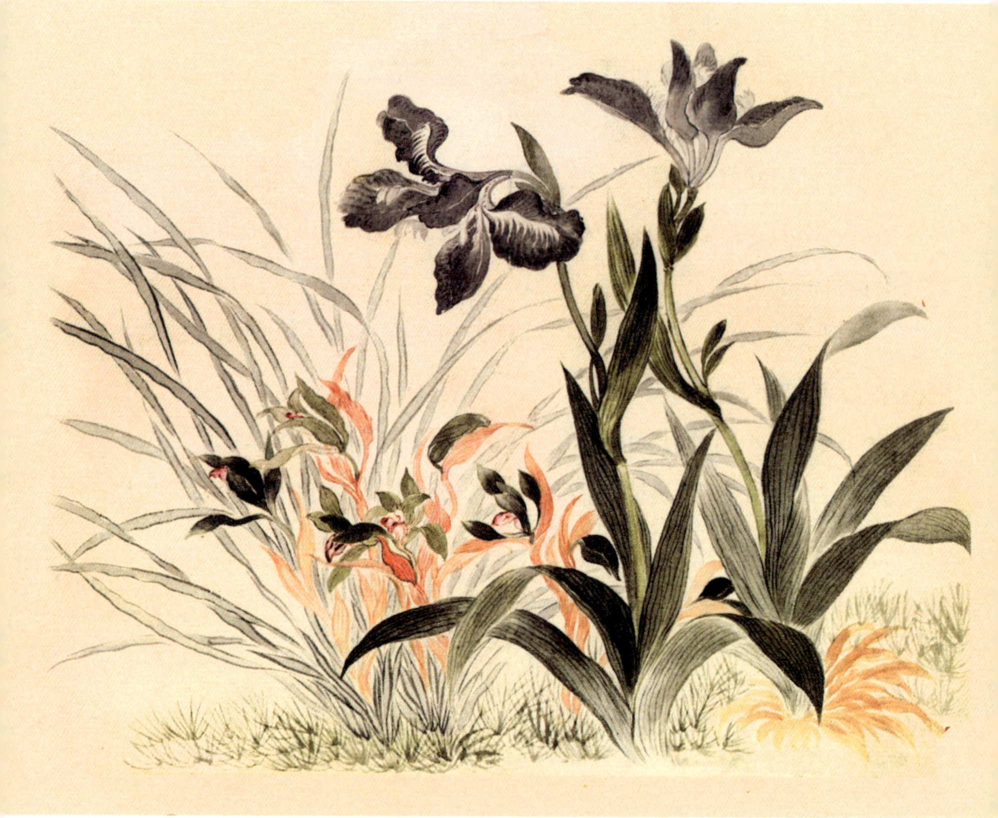

每一片竹叶，都生起清风

我祈愿无以数计的、与我有缘会面的或只在书中读到我的朋友，都能"叶叶起清风"，得到生命的清凉，得到灵性的增长。

十六年来，我曾多次在中国大陆行脚，除了一圆少年时代的梦想，也是体会、观照、追寻之旅。

在旅途中也做了许多有趣的事：我曾在陕北盖希望小学，在南京担任集体婚礼的证婚人，在成都为古酒水井坊当代言人，在上海东方卫视连讲二十讲的茶道，在四川的杜甫草堂和湖南的岳麓书院做露天的讲座，在河北和江苏的千年古刹巡回演讲……

应中国移动邀请，在北方巡回演讲；

应浦发银行邀请，在南方巡回演讲；

应红凤工程邀请，在西北巡回演讲；

应新华书店邀请，在东北巡回演讲；

……

有朋友告诉我，我总共有十八篇文章，被选入中国大陆的小学、中学、大学的语文课本。

或者可以说，在曲曲折折的人生里，我已经和无数的朋友结缘，在某一个交叉点上，比肩同行。

我很珍惜这偶然相会的情缘，所以把旅途中写的笔记收入这本集子[①]，来纪念这十几年的行脚。

云水途中，我最庆幸的是，遇到了许多真性情的朋友，虽是一生一会，却已留下了美好的回忆。希望借由出书的因缘，向那些曾接待过我的大陆朋友问候："你一切都好吗？"

我想起虚堂禅师，当朋友向他道别，他并未起身相送，而是吟了一首诗，诗中有两句：

> 相送当门有修竹，
> 为君叶叶起清风。

门口那些修长的竹子，每一株都在为你们送别，为了感恩你们的情意，每一片竹叶都为你们兴起了清风。

呀！这是多么美的心情。

我书房的落地窗外，就是一整山的树林、竹林。我祈愿无以数计的、与我有缘会面的或只在书中读到我的朋友，都能"叶叶起清风"，得到生命的清凉，得到灵性的增长。

[①] 指《为君叶叶起清风》。——编者注

飘落的秋叶，比春花更艳红

药山禅师和两个弟子在山道上散步。

药山禅师指着山上的两棵大树：一棵已经枯干了，一棵正欣欣向荣。

他问道吾："枯者是？荣者是？"

（是枯干的对呢？还是欣荣的才对呢？）

道吾："荣者是！"

（当然是欣欣向荣才对呀！）

药山禅师说："灼然一切处，光明灿烂去！"

（你看这个世界多么清楚，世界就是这么光明灿烂的！）

他又问云岩："枯者是？荣者是？"

云岩："枯者是！"

药山禅师说："灼然一切处，放教枯淡去！"

（你看这个世界多么清楚呀！世界就是如此枯干平淡，没有多余的枝叶呀！）

药山禅师又问刚跟上的第三个徒弟高沙弥："枯者是？荣者是？"

高沙弥说："枯者从他枯！荣者从他荣！"

（枯干的任他枯干，欣荣的任他欣荣，我只是静观，我不介入。）

药山禅师说："不是！不是！"

公案到这里就结束了，其余的让我们参。

为什么不对呢？到底要如何才是对呢？

年轻的时候参这个公案，如坠五里雾中。到知天命之年才恍然大悟，人不应该只是静观，应该有感有情、有灵有性，与天地一起枯荣。

"离离原上草，一岁一枯荣。"甚至只是一株小草，也能探知生的消息、死的神秘。枯是荣所伏，荣是枯所倚，在枯荣之间，不能无感！

禅师本来就应该善感，否则不会觉得悟之必要，也不会写诗偈、立公案、留语录，更不会"大悟十几回，小悟数百回"了。

作家本来就应该善感，否则不会在平凡中见奇绝，在不可爱中发现可爱，在不可能时创造可能。

荣是生命中的希望，对善感的人是好的。

枯是生命中的凄凉，对善感的人也是好的。

停车坐爱枫林晚，

霜叶红于二月花。

在枫林与晚霞中，观见了，在寒霜里即将凋零的枫叶有一种生命的艳红，比二月的春花还要红，还要摄人的眼目。

爱春花者，必爱秋叶。

枯也荣也，同一体性，生命善感，必能体之。

我们的心中，都有一枯一荣的树，成功与失败比肩，挫折与顺境相容，欢乐与忧伤并蓄。

在曲曲折折的人生、起起落落的境遇里，看的不是某一个定点，看的是我们怎么体会，看的是我们如何观照，看的是我们往何处追寻！

荆刺与芬芳，一时俱在

> 玫瑰因有耐心与刺为伴，
> 才得以保有芬芳。

这是鲁米的短诗，我很喜欢。

人生的荆刺与芬芳，对许多人来说，是两难的选择。

其实，是可以共存的。

我们走过生命的长路，知道那不必选择，而是必然的。

正如春日的明媚与冬夜的酷寒，光辉的或荒芜的，枯的或荣的，都只是现象的两个面向，而不是真实的本体。

只要体验真实的本体，生命的流动、生活的变化、生涯的起伏，都只是一时一地的。

只要珍惜当下的一刻，无止尽的回忆都会得到澄清，不可知的未来才会成为美丽。

寻找从前的眼泪，到最后才了知，一切的悲欢离合是为了要此刻有更温柔的心、更充沛的爱、更清明的觉知。

感谢妻子淳珍的爱与宽容，十几年来为我们守护，守护孩子、守护这个家。有她在，就会有动人的音乐和清雅的花香；有她在，就会有美好的生活与浪漫的追寻。

情深义永，携手前行。

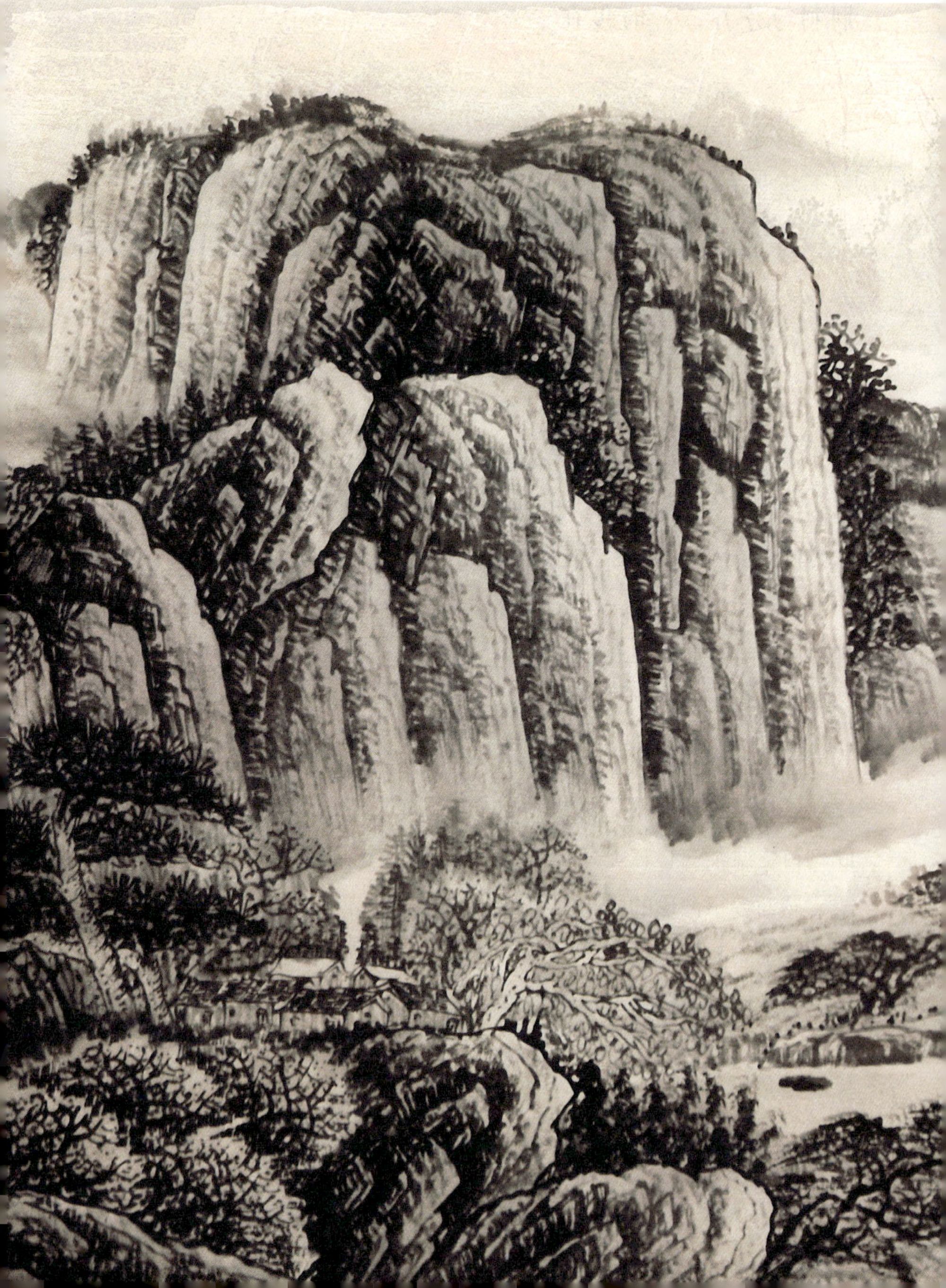

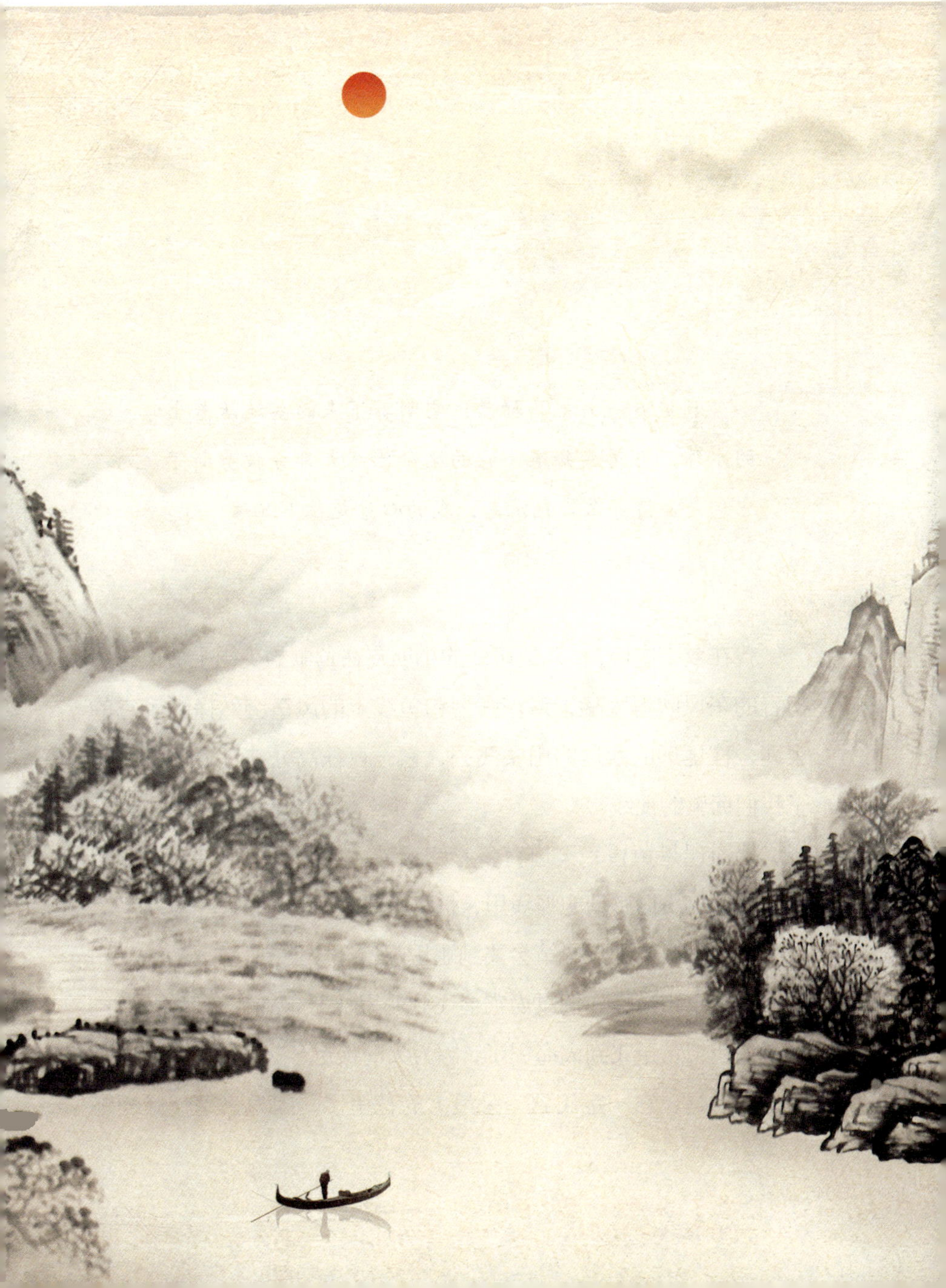

马蹄兰的告别

我抱着一大把马蹄兰,它刚剪下来的茎还活着生命的水珠,可是我知道,它的生命已经大部分被剪断了。它愈是显得那么娇艳清新,我的心愈是往下沉落。

我在乡下度假,和几位可爱的小朋友在莺歌的尖山上放风筝,初春的东风吹得太猛,系在强韧钓鱼线上的风筝突然挣断了它的束缚,往更远的西边的山头飞去,它一直往高处往远处飞,飞离了我们痴望的视线。

那时已是黄昏,天边有多彩的云霞,那一只有各种色彩的蝴蝶风筝,在我们渺茫的视线里,恍惚飞进了彩霞之中。

"林大哥,那只风筝会飞到哪里呢?"小朋友问我。

"我不知道,你们以为它会飞到哪里?"

"我想它是飞到大海里了,因为大海最远。"一位小朋友说。

"不是,它一定飞到一朵最大的花里了,因为它是一只蝴蝶嘛!"另一位说。

"不是不是,它会飞到太空,然后在无始无终的太空里,永不消失,永不坠落。"最后一位说。

然后我们就坐在山头上想着那只风筝,直到夕阳都落入群山的怀抱,我们才踏着山路,沿着愈来愈暗的小径,回到我临时的住处。我打开起居室的灯,发现我的桌子上平放着一封从台北打来的电报,上面写着我的一位好友已经过世了,第二天早上将为他举行追思礼拜。我跌坐在宽大的座椅上出神,落地窗外已经几乎全黑了,只能模糊地看到远方迷离的山头。

那一只我刚刚放着飞走的风筝以及小朋友讨论风筝去处的言语像小灯一样,在我的心头一闪一闪,它是飞到大海里了,因为大海最远;它一定飞到最大的一朵花里了,因为它是一只蝴蝶嘛;或者它会飞到太空里,永不消失,永不坠落。于是我把电报小心地折好,放进上衣的口袋里。

朋友生前是一个沉默的人,他的消失也采取了沉默的方式,他事先一点也没有消失的预象,在夜里读着一册书,扭熄了床头的小灯,就再也不醒了。好像是胡适说过:"宁鸣而死,不默而生。"但他采取的是另一条路:宁默而死,不鸣而生。因为他是那样沉默,更让我感觉到他在春天里离去的忧伤。

夜里,我躺在床上读斯坦贝克的小说《伊甸之东》,讨论的是《旧约》里的一个章节,该隐杀死了他的兄弟亚伯,他背着忧伤见到了上帝,上帝对他说:"罪就伏在门前。它必恋慕你,你却要制伏它。"你可以制伏,可是你不一定能制伏,因为伊甸园里,不一定全是纯美的世界。

我一夜未睡。

清晨天刚亮的时候,我就起身了,开车去参加朋友的告别式。春天的早晨真是美丽的,微风从很远的地方飘送过来,我踩紧油门,让汽车穿在风里发出嗖嗖的声音,两边的路灯急速地往后退去,荷锄的农人正要下田,去耕耘他们的土地。

路过三峡,我远远地看见一个水池里开了一片又大又白的花,那些花笔直地从地里伸张出来,非常强烈地吸引了我。我把车子停下来,沿着种满水稻的田埂往田中的花走去,那些白花种在翠绿的稻田里,好像一则美丽的传说,让人说不出一种落寞的心情。

站在那一亩花田,我不知道那是什么花,雪白的花瓣只有一瓣,围成一个弧形,花心只是一根鹅黄色的蕊,从茎的中心伸出来。它的叶子是透明的翠绿,上面还停着一些尚未蒸发的露珠,美得触目惊心。

正在出神之际,来了一位农人,他到花田中剪花,准备去赶清晨的早市。我问他那是什么花?农人说是"马蹄兰"。仔细看,它们正像是奔波在尘世里"嗒嗒"的马蹄,可是它不真是马蹄,也没有回音。

"这花可以开多久?"我问农人。

"如果不去剪它,让它开在土地上,可以开个两三星期,如果剪下来,三天就谢了。"

"怎么差别那么大?"

"因为它是草茎的,而且长在水里,长在水里的植物一剪枝,活的时间都是很短的，人也是一样，不得其志就活不长了。"

农人和我蹲在花田谈了半天，一直到天完全亮了。我要向他买一束马蹄兰。他说："我送给你吧！难得有人开车经过特别停下来看我的花田。"

我抱着一大把马蹄兰，它刚剪下来的茎还活着生命的水珠，可是我知道，它的生命已经大部分被剪断了。它愈是显得那么娇艳清新，我的心愈是往下沉落。

朋友的告别仪式非常庄严隆重，到处摆满大大小小的白菊花，仍是沉默。我把一束马蹄兰轻轻放在遗照下面，就告别了出来，马蹄兰的幽静无语使我想起一段古话："旋岚偃岳而常静，江河竟注而不流，野马飘鼓而不动，日月历天而不周。"而生命呢？在沉静中却慢慢地往远处走去。它有时飞得不见踪影，像一只鼓风而去的风筝，有时又默默地被裁剪，像一朵在流着生命汁液的马蹄兰。

朋友，你走远了，我还能听到你的蹄声，在孤独的小径里响着。

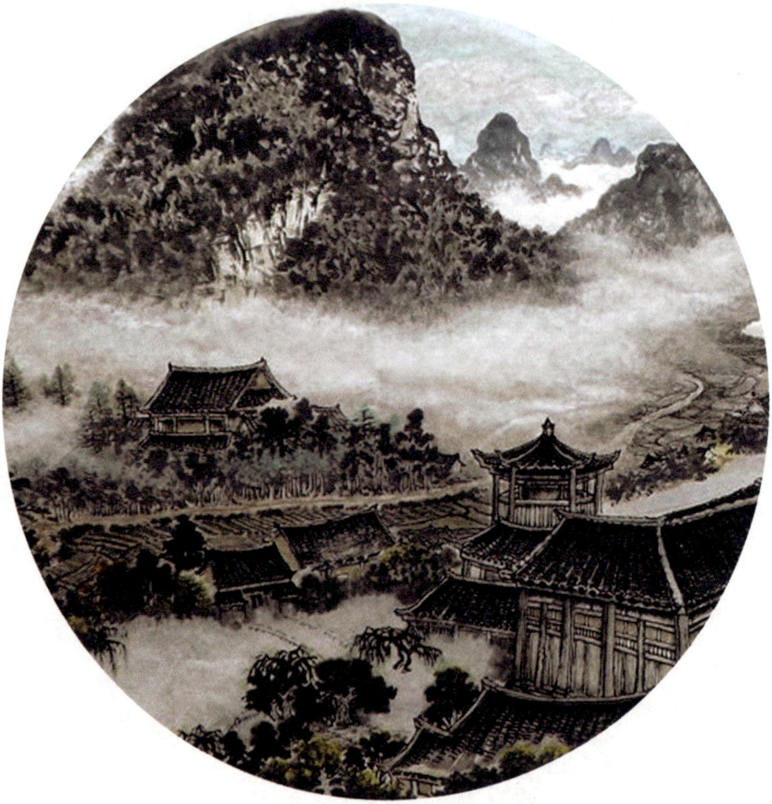

第二部分

忘情也慈悲

我们可以"藏情",把完成过、失败过的情爱像一幅卷轴一样卷起来,放在心灵的角落里,让它沉潜,让它褪色。在岁月的足迹走过后打开来,看自己在卷轴空白处的落款,以及还鲜明如昔的刻印。

忘情花的滋味

我们是小小的凡人,不能有"爱到忘情近佛心"的境界,但是我们可以"藏情",把完成过、失败过的情爱像一幅卷轴一样卷起来,放在心灵的角落里,让它沉潜,让它褪色。

院子里的昙花突然间开了,一共十八朵。

夜里,我打开院子里的灯,坐在幽暗的室内望向窗外,乳白色的昙花在灯下有一种难言的姿色,每一朵都是一幅春天的风景。

昙花是不能近看的,它适合远观。近看的昙花只是昙花,一种炫目的美丽。远观的昙花就不同了,它像是池里的睡莲在夜间醒来,一步一步走到人们的前庭后院,爬到昙花枝上,弯下腰,吐露出白色的芬芳。

第二天清晨,昙花全谢了,垂着低低的头。

我和妻子商量着,用什么方法吃那些凋谢的昙花。

我说，昙花炒猪肉是最鲜美的一道菜，是我小时候常吃的。妻子说，昙花属于涅槃科，是吃斋的，不能与猪肉同炒，应该熬冰糖，可以生津止咳，可以叫人宠辱皆忘。

后来我们把昙花熬了冰糖，在春天的夜里喝昙花茶特别有一种清香的滋味，喝进喉里，它的香气仿佛是来自天的远方，比起阳明山白云山庄的兰花茶毫不逊色——如果兰花是王者之香，昙花就是禅者之香，充满了遥远、幽渺、神秘的气味。

果然，妻子说，昙花的另一个名字叫"忘情花"，忘情就是"寂焉不动情，若遗忘之者"，也就是《晋书》中说的"圣人忘情"。

在缤纷灿烂的花世界里，"忘情花"不知是哪一位高人命名的，但他为昙花的一生下了一个批注。昙花好像是一个隐者，举世滔滔中，昙花固守了自己的情，将一生的精华在一夜间吐放。它美得那么鲜明，那么短暂。因为鲜明，所以动人；因为短暂，才叫人难忘。当它死了之后，我们喝着用它煎熬成的昙花茶，对昙花，它是忘情了，对我们，却把昙花遗忘的情喝进腹中，在腹中慢慢地酝酿。

喝昙花茶使我想起童年时代吃昙花的几种滋味。

小时候，家后院种了一片昙花，因为妈妈是爱看昙花的，而爸爸却是爱吃昙花的。据爸爸说，最好吃的昙花是在它盛开的时候，又香又脆。可是妈妈不许，她不准任何人在昙花盛放时吃昙花。因此，春天昙花开成一片白的时候，我们也只好在旁边坐守，看它仰起的头垂下才敢吃它。

爸爸吃昙花有好几种方法。

第一种方法是"昙花炒猪肉",就是把切成细丝的昙花和肉丝丢进锅中,烈火一炒,就是一道令人垂涎的好菜。在这一道菜里,昙花的滋味像是雨后笋园中冒出来的香菌,滑润、清淡,入口即不能忘。

第二种方法是"昙花炖鸡",将整朵的昙花一一洗净,和鸡块同炖,放一点姜丝。这一道菜中,昙花的滋味有一点像香菇,汤是清的,捞起来的昙花还像活的一般。

第三种方法是"炸昙花饼",把糖、面粉和鸡蛋打匀,粘满昙花,放到油锅中炸成金黄色即可食。这一道菜中,昙花香脆达于极致,任何饼都无法比拟。

童年时在爸爸的调教下,我们每个兄弟几乎都成了"食花的怪客"。我们吃过的还不只是昙花,我们也吃过朱槿花、栀子花、银莲花、红睡莲、野姜花,以及百合花,我们还吃过寒芒花的嫩芽、鸡冠花的叶子、满天星的茎,以及水笔仔的幼根,每种花都有不同的滋味。那时候年纪小,不知道"怜香惜玉"这一套,如今想起那些花魂,心中总是有一种罪过的感觉。

然而,食花真是有罪的吗?食了昙花真能忘情吗?

有一次读《本草纲目》,知道古人也食花,古人也食草。《本草纲目》中谈到萱草时,引了李九华的《延寿书》说:

嫩苗为蔬,食之动风,令人昏然如醉,因名忘忧。

如果萱草的"忘忧草"的名是因之而起,我倒愿为昙花是"忘情花"下一批注：

> 美花为蔬，食之忘情，令人淡然超脱，因名忘情。

"忘情花"的滋味是宜于联想的。

在我们的情感世界里，"忘情"几乎是不可能的境界，因为有爱就有纠结，有情就有牵缠。如何在纠结与牵缠中能拔出身来，走向空旷不凡的天地？那就要像"忘情花"一样，在短暂的时间里开得美丽，等凋萎了以后，把那些纠结与牵缠的情经过煎、炒、煮、炸的锻炼，然后一口一口吞入腹里，并将它埋到心底最深处，等到另一个开放的时刻。

每个人的情感都是有盛衰的，就像昙花，即使忘情，也有兴谢。我们不是圣人，不能忘情，再好的歌者也有恍惚而失曲的时候，再好的舞者也有乱节而忘形的时刻。我们是小小的凡人，不能有"爱到忘情近佛心"的境界，但是我们可以"藏情"，把完成过、失败过的情爱像一幅卷轴一样卷起来，放在心灵的角落里，让它沉潜，让它褪色。在岁月的足迹走过后打开来，看自己在卷轴空白处的落款，以及还鲜明如昔的刻印。

我们落过款、烙过印，我们惜过玉、怜过香，这就够了。忘情又如何？无情又如何？

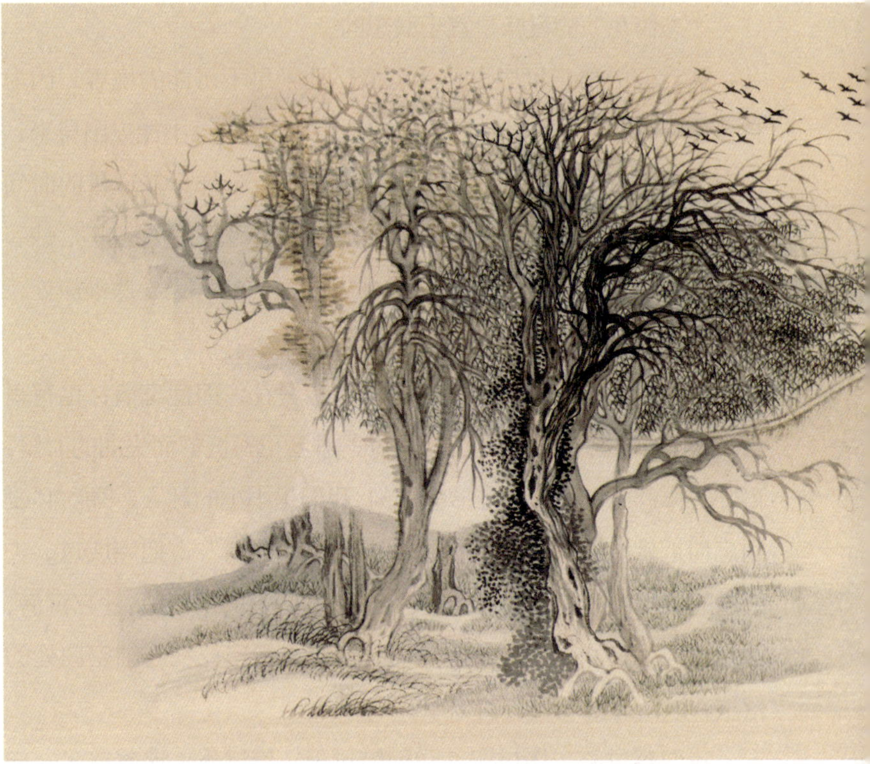

无声飘落

　　晨曦从窗外流进来的时候，木棉花已经完全枯萎了，他想起这两朵木棉花如果在南方的故乡，会长成棉果，在四边飘飞棉絮；如果遇到肥沃的土地，会生长出新的木棉树，这些，她永远不会懂。

　　春天的午后，无风，他们沉默地走在笔直的大路上，不时对望一眼，一句话在喉边转动，又随着眼神逃开。
　　路两旁的木棉花红透了，那是一种夕阳将要落下的颜色。他们走到路口等红灯时，两朵硕大鲜红的木棉花突然掉落，"啪嗒"一声同时落地，各往两边滚开，然后静止了。他看那两朵鲜红似昔的木棉花，本来长在同一株树上，一起向春天开放，落下时却背对着背；他知道落下的木棉花再美，也很快就会枯萎了。
　　过马路的时候，他小心牵起她的手，感觉到她手里汗水的感觉，他说：

"在我的故乡，五月的时候，木棉花都结果了，坚硬得像木头一样。六月，它们在空中爆开，棉絮像雪，往四边飞落，我经常在棉花裂开的一刹那，在空中奔跑抓棉絮，不让它落在地上，最后，大部分棉絮还是落在地上……"

说着，他回望她，不知何时她的眼睛竟红了，他捏捏她的手，说："台北的木棉树只开花而不结果，当然没有棉絮，你看过棉絮吗？"她摇头，两串泪急速爬过脸颊，落在地上。他看着地上的泪迹，知道他们是完全不同的两种人，生活在各自不同的世界，从她宁可去做缎带花而不肯陪他看木棉花他就知道了，他于是在心底真心地祝福着她。

到下一个街口，他站定了，她还在茫然，他说："这是这条路上最美的一株木棉，就在这里送你走吧！"她未曾移步，他抬头看那株崇高的木棉，花已经落尽，枯干似的枝桠互相对举，他感觉到落了花的木棉树像是他送她的一株珊瑚，心在那一刻抽痛起来。多年的情感如同木棉的棉絮，有非常之美，春天一过，它就裂开，四散飘飞，无声落地。

她说："我把你的订婚戒指弄丢了，不能还你。"

他说："没关系，别人送的一定更好。"

她哪里知道，那是他学生时代花一整个暑假在梨山做工赚来的，那时他走完一整条木棉大道才看中那只戒指，虽是纯金，却没有金的灿亮，颜色像是春秋战国时代的青铜。他从来没有对她说过做苦工的事情，他想，永远也不会说出口了吧！

她说："相信我，你是我见过最好的人，再也不会有人像你这样爱我了……"她的泪又流下,他笑笑,伸手为她拦车,直到看见她在街的远处消失,才忍不住鼻酸,往来路走回家。

回到第一个街口,看到原先两朵落下而背对的木棉花还在,他默默地捡拾起来,将两朵花套在一起,回家时放在桌上;那一夜,什么事也不做,就看着木棉一分一分地萎落。

晨曦从窗外流进来的时候,木棉花已经完全枯萎了,他想起这两朵木棉花如果在南方的故乡,会长成棉果,在四边飘飞棉絮;如果遇到肥沃的土地,会生长出新的木棉树,这些,她永远不会懂。他眼前突然浮现她最后流泪的样子,这是多年来第一次看她流泪,他最初的爱仿佛随她的泪落在地上。他这才知道,她的泪原是一种结局,像春末萎落的木棉花。

惜别的海岸

凡是生命，就会活动，一活动就有流转、有生灭、有荣枯、有盛衰，仿佛走动的马灯，在灯影迷离之中，我们体验着得与失的无常，变动与打击的苦痛。

在恒河边，释迦牟尼佛与几个弟子一起散步的时候，他突然停下脚步问："你们觉得，是四大海的海水多，还是无始生死以来，为爱人离去时，所流的泪水多呢？""世尊，当然是无始生死以来，为爱人所流的泪水多了。"弟子们都这样回答。佛陀听了弟子的回答，很满意地带领弟子继续散步。

我每一次想到佛陀和弟子说这段话的情景，心情都不免为之激荡，特别是人近中年，生离死别的事情看得多了，每回见人痛心疾首地流泪，就会想起佛陀说的这段话。

在佛教所阐述的"有生八苦"之中，"爱离别"是最能使人心肝摧折的了。爱别离指的不仅是情人的离散，指的也是一切亲人、一切好因缘终究会有散灭之日，这乃是因缘的实相。

因缘的散灭不一定会令人落泪，但对于因缘的不舍、执着、贪爱，却必然会使人泪下如海。

佛教有一个广大的时间观点，认为一切的因缘是由"无始劫"（就是一个无量长的时间）来的，不断地来来去去、生生死死、起起灭灭，在这样长的时间里，我们为相亲相爱的人离别所流的泪，确实比天下四个大海的海水还多，而我们在爱别离的折磨中，感受到的打击与冲撞，也远胜过那汹涌的波涛与海浪。

不要说生离死别那么严重的事，记得我童年时代，每到寒暑假都会到外祖母家暂住，外祖母家有一大片柿子园和荔枝园，有八个舅舅，二十几个表兄弟姊妹，还有一个巨大的三合院，每一次假期要结束的时候，爸爸来带我回家，我总是泪洒江河。有一次抱着院前一棵高大的椰子树不肯离开，全家人都围着看我痛哭，小舅舅突然说了一句："你再哭，流的眼泪都要把我们的荔枝园淹没了。"我一听，突然止住哭泣，看到地上湿了一大片，自己也感到非常羞怯，如今，那个情景还时常浮现在眼前。

不久前，在台北东区的一家银楼，突然遇到了年龄与我相仿的表妹，她已经是一家银楼的老板娘，还提到那段情节，使我们立刻打破了二十年不见的隔阂，相对而笑。不过，一谈到家族的离散与寥落，又使我们心事重重，舅舅舅妈相继辞世，连最亲爱的爸爸也不在了，更觉得童年时为那短暂分别所流的泪是那么真实，是对更重大的爱别离在做着预告呀！

"会者必离，有聚有散"大概是人人都懂得的道理，可是在真正承受时，往往感到无常的无情，有时候看自己种的花凋零了、一棵树突然枯萎了，都会怅然而有失意，何况是活生生的亲人呢？

爱别离虽然无常，却也使我们体会到自然之心，知道无常有它的美丽，想一想，这世界上的人为什么大部分都喜欢真花，不爱塑料花呢？因为真花会萎落，令人感到亲切。

凡是生命，就会活动，一活动就有流转、有生灭，有荣枯、有盛衰，仿佛走动的马灯，在灯影迷离之中，我们体验着得与失的无常，变动与打击的苦痛。

当佛陀用"大海"来形容人的眼泪时，我们一点都不觉得夸大，只要一个人真实哭过、体会过爱别离之苦，有时觉得连四大海都还不能形容，觉得四大海的海水加起来也不过我们泪海中的一粒浮沤。

在生死轮转的海岸，我们惜别，但不能不别，这是人最大的困局，然而生命就是时间，两者都不能逆转。与其跌跤而怨恨石头，还不如从今天走路就看脚下；与其被昨日无可挽回的爱别离所折磨，还不如回到现在。

唉唉！当我说"现在"的时候，"现在"早已经过去了，现在的不可驻留，才是最大的爱别离呀！

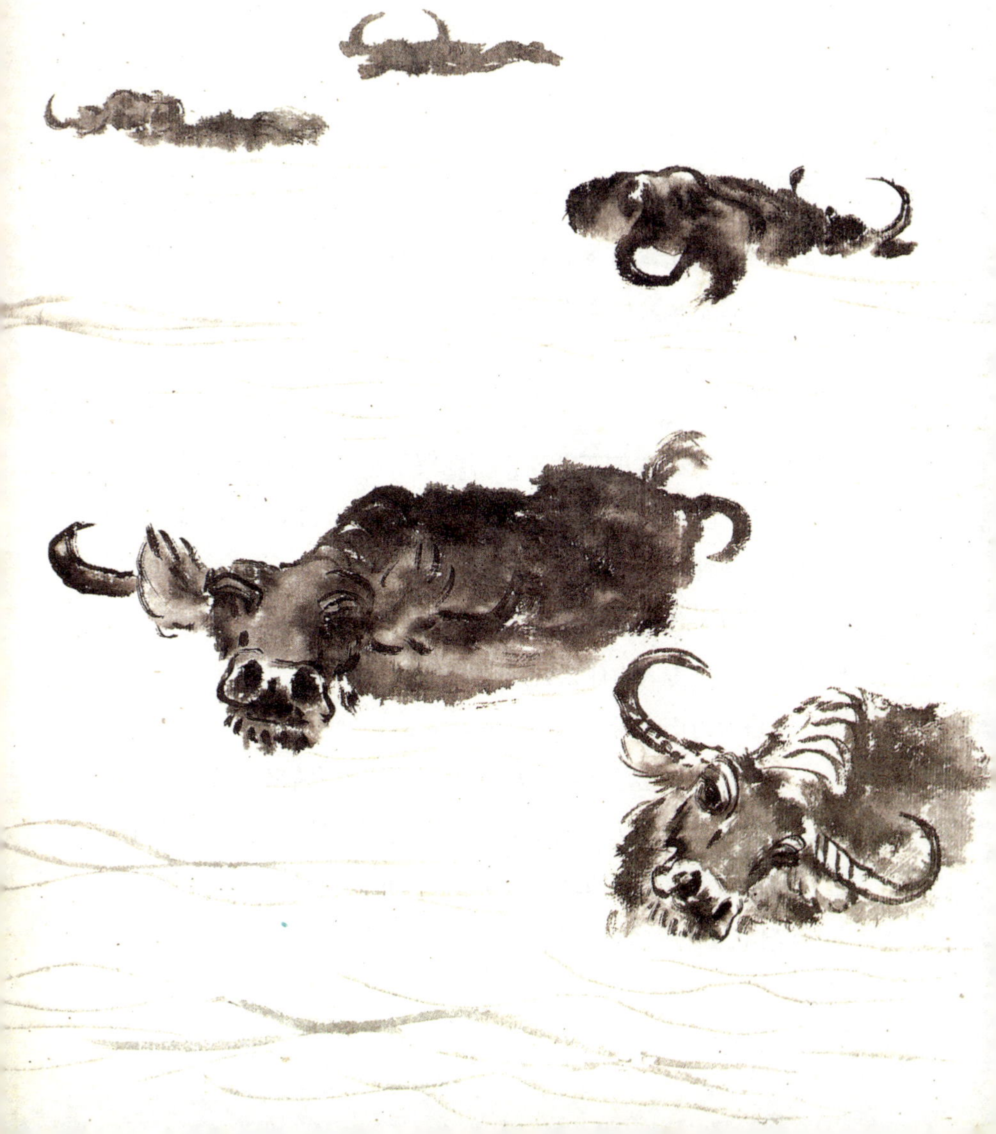

爱水

泪,乃是爱之凝聚。这世界上只有两种人不会流泪,一种是完全没有爱,铁石心肠的人。一种是从爱中超脱出来,不被爱所束缚与刺伤的人。

孩子打破心爱的东西,伤心地哭了半天,突然停止哭泣,跑过来问:"爸爸,人为什么会流眼泪呢?"接着又严肃地问,"眼泪是从什么地方来的?"

我看到他泪痕未干,一本正经的样子,觉得很有趣,就反问他说:"你觉得人为什么会流眼泪呢?"

"是因为伤心呀!"孩子说。

"那么,眼泪是从什么地方来的?是从眼睛来的吗?"

"我知道了,人的眼泪是从伤心的那个地方流出的。"孩子已完全忘记了忧伤的情绪,充满好奇地说。

"伤心的那个地方又在哪里呢?"我问他。

他皱眉想了半天,拍拍自己的心口,又拍拍自己的脑袋,觉得都不太有把握,说:"我也不知道伤心的地方在哪里,到底是在哪里呢?"

这下可把我问倒了,是呀!伤心的地方是在哪里呢?我反问孩子:"人不只伤心的时候才流泪,很高兴和很生气的时候也会流泪的,所以,伤心的地方和高兴、生气的地方是一个地方。"由于孩子养着小鸟,我就问他,"你觉得,小鸟会不会伤心呢?有没有伤心的地方?"

"小鸟也会伤心的,如果它肚子饿,我们不喂它的话。"孩子说。

"那,小鸟会不会流泪呢?"

"小鸟不会流眼泪的。"孩子思索了一下,说,"不对,不对,小鸟不会从眼睛流泪,可是它心里是会流泪的。为什么只有人会从眼睛流泪,而别的动物只能暗暗地伤心呢?"

我对孩子说起,小时候亲眼看过水牛和海龟,还有狗流泪的情景,这个世界上有许多动物都会流泪,只是粗心的人不能见及罢了。

我们花了一个多小时讨论伤心的问题,孩子听了一知半解,但他至少理解到三件事情:一是所有的动物都有一个会伤心的地方;二是愈复杂的动物,伤心的时候愈容易被看见;三是每一个人对同一件事伤心的感受都不一样。

最后,他终于郑重地宣布了他悟到的大道理,他说:"我知道为什么我打破杯子,妈妈伤心而我不伤心;而我打破玩具,我伤心爸爸不伤心了。每个人都有伤心的地方,但是每个人的伤心都不一样。"这使他完全忘记了刚刚伤心的原因,高兴地跑走了。

我却因此陷入沉思,这是一个多么好的启示,人的眼泪是有世界性的,既然投生为人,就必然会伤心,必然会流泪。有许多号称从来不流泪的人,只不过是成人以后的自我压抑,当遇到真正伤心的时刻,或者真心忏悔的时候,或者在无人看见的地方,还是会悄悄落下伤心之泪。

泪,乃是爱之凝聚。这世界上只有两种人不会流泪,一种是完全没有爱,铁石心肠的人。一种是从爱中超脱出来,不被爱所束缚与刺伤的人。

眼泪,是作为人的本质之一,在《楞严经》中,佛陀早就有精辟的见解,他对弟子阿难说:"因诸爱染,发起妄情。情积不休,能生爱水。是故众生心忆珍馐,口中水出。心忆前人,或怜或恨,目中泪盈。贪求财宝,心发爱涎,举体光润。心着行淫,男女二根,自然流液。阿难!诸爱虽别,流结是同,润湿不升,自然从坠。"

由人的欲望所分泌的都称为"爱水",也是使人在轮回中升沉的重要原因。如何在心海的爱水中飞升超越,在每一次的伤心中寻找智慧,才是人最重要的事!

南国

　　我想，更好的态度是"惜缘"，珍惜今生的每一次会面、珍惜今生的每一次爱情，甚至珍惜每一次因缘的散灭，才使我们能相思、懂得相思，并且在相思时知道因缘的真谛，而不存有丝毫的遗憾与怨恨。

我喜欢王维一首简短的诗：

　　红豆生南国，
　　春来发几枝。
　　愿君多采撷，
　　此物最相思。

　　尤其喜欢这首诗里的"南国"与"相思"，南国是在什么地方呢？南国又象征了什么呢？对于写这首诗的王维，他当时是在北地还是南国？他有没有特别思念着的人呢？

相对于"南国"的是"北地"，而相对于"春来"的是"秋去"，它的意象就这样丰富了起来：在南国的人采了红豆，想到好不容易到了秋天，又想到秋天的时候到北地去的人，他是不是有着相思呢？

相思？

是的，"相思"是多么高洁的意象呀！我一直认为相思是爱情中最动人的素质，相思令人甜美、引人伤怀、使人辗转、让人悲绝，古来中国的爱情中最常见的病就是"相思病"，有因相思而憔悴的，也有因相思而离开世间的。

相思就是"互相的思念"，看红豆时可以想到故人旧情，只是一种象征，事实上相思是一种心行，从心而有，心里想念着故人，就是寒夜中闪动的萤火，都像是情人寄来的灯盏呀！

在佛经里说"人唯情有"，是说投生到这世界的人，就是为了情而投生的，他们存情、执情、迷情，甚至唯情，使人因此生生世世在情里流转。这种"情有"，就是"隔世的相思"，可见相思不仅能穿破空间无限的藩篱，甚至能打破时间生世的阻隔。

我们因为舍不得离开在世间曾有的情爱，再轮回时又回来和亲人情侣相会，这时就有了因缘，我们的相思使我们的因缘聚合，但在因缘尽了的时候又使我们因离别而相思。

从生死因缘的观点来看，我们若是从南国离开这个世间，那么我们为了和从前的因缘相会，就会因情爱再投生到南国去。佛经里说我们这个世界是"娑婆世界"，又说是"南阎浮提"，南阎浮提不正是我们堕入相思迷惘的南国吗？

有许许多多人，他们在面对情爱的时候，最常挂在口中的是"随缘"，也就是随着因缘流转，缘生固然是好，缘灭也不悲忧，可是随缘也有无助的味道，完全随缘，就是完全的流转，将会留下不少的憾恨。

我想，更好的态度是"惜缘"，珍惜今生的每一次会面、珍惜今生的每一次爱情，甚至珍惜每一次因缘的散灭，才使我们能相思、懂得相思，并且在相思时知道因缘的真谛，而不存有丝毫的遗憾与怨恨。

现代人最可怕的是失去了对"相思"的认识，大部分人都不能真正惜缘，使得情人间的爱都成为"露水姻缘"，露水是不能隔日的，还能有什么相思呢？

让我们心情幽静地来读一次王维的诗："红豆生南国，春来发几枝。愿君多采撷，此物最相思。"我们是不是相思起南国或者北地的人呢？当我们能相思的时候，我们的心就像一面澄澈的湖水，可以照见情爱中高洁的境界。

我们的相思，可以使我们的意念如顺风的船，顺利地驶向目的地；但这种意念顺利地开拔，是不是让我们从相思里产生一些自觉呢？自觉到我们的生命所要驶去的方向，这样相思才不会因烧灼使我们堕落，且因距离而使我们清明。

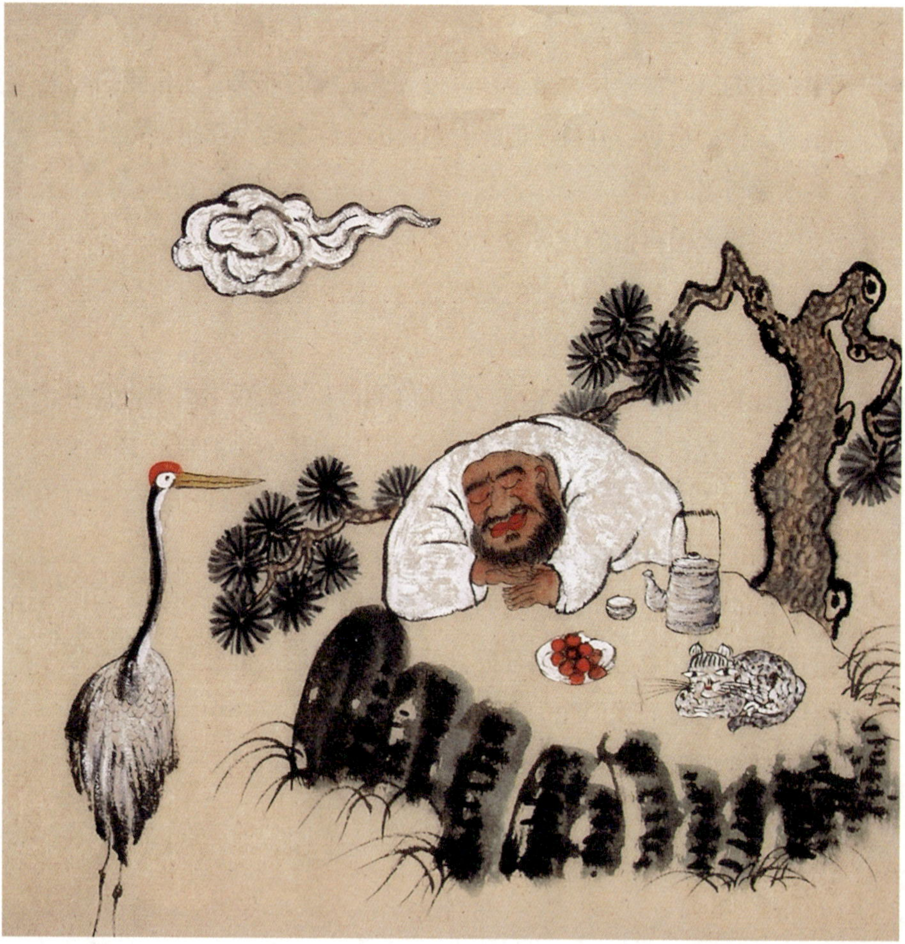

发誓

我想起在青年时代，我的水缸也曾被人敲碎，我也曾被一起发过誓的人背叛，如今我已完全放下了诅咒与怨恨，只是在偶尔的情境下，还不免酸楚、心痛。

一个遭受到女友抛弃的青年来找我，说到他因为女朋友还活得好好的，感到忿恨难平。

我问他为什么。

他说："我们在一起时发过重誓的，先背叛感情的人在一年内一定会死于非命，但是到现在两年了，她还活得很好，老天不是太没有眼睛，难道听不到人的誓言吗？"

我告诉他，如果人间所有的誓言都会实现，那人早就绝种了。因为在谈恋爱的人，除非没有真正的感情，全都是发过重誓的，如果他们都死于非命，这世界还有人存在吗？老天不是无眼，而是知道爱情变化无常，我们的誓言在智者的耳中不过是戏言罢了。

"人的誓言会实现是因缘加上愿力的结果。"我说。

"那我该怎么办呢?"青年问我。

我对他说了一个寓言:

从前有一个人,用水缸养了一条最名贵的金鱼。有一天鱼缸打破了,这个人有两个选择,一个是站在水缸前诅咒、怨恨,眼看金鱼失水而死;一个是赶快拿一个新水缸来救金鱼。如果是你,你怎么选择?

"当然赶快拿水缸来救金鱼了。"青年说。

"这就对了,你应该快点拿水缸来救你的金鱼,给它一点滋润,救活它。然后把已经打破的水缸丢弃。一个人如果能把诅咒、怨恨都放下,才会懂得真正的爱。"

青年听了,面露微笑,欢喜地离去。

我想起在青年时代,我的水缸也曾被人敲碎,我也曾被一起发过誓的人背叛,如今我已完全放下了诅咒与怨恨,只是在偶尔的情境下,还不免酸楚、心痛。

心痛也很好,证明我养在心里的金鱼,依然活着。

苦瓜变甜

对待我们的生命与情爱也是这样的,时时准备受苦,不是期待苦瓜变甜,而是真正认识那苦的滋味,才是有智慧的态度。

我很喜欢一则关于苦瓜的故事:

有一群弟子要出去朝圣。

师父拿出一个苦瓜,对弟子们说:"随身带着这个苦瓜,记得把它浸泡在每一条你们经过的圣河,并且把它带进你们所朝拜的圣殿,放在圣桌上供养,并朝拜它。"

弟子朝圣走过许多圣河圣殿,并依照师父的教言去做。

回来以后,他们把苦瓜交给师父,师父叫他们把苦瓜煮熟,当作晚餐。

晚餐的时候,师父吃了一口,然后语重心长地说:"奇怪呀!泡过这么多圣水,进过这么多圣殿,这苦瓜竟然没有变甜。"

弟子听了，好几位立刻开悟了。

这真是一个动人的教化，苦瓜的本质是苦的，不会因圣水圣殿而改变；情爱是苦的，由情爱产生的生命本质也是苦的，这一点即使是修行者也不可能改变，何况是凡夫俗子！我们尝过情感与生命的大苦的人，并不能告诉别人失恋是该欢喜的事，因为它就是那么苦，这一个层次是永不会变的。可是不吃苦瓜的人，永远不会知道苦瓜是苦的。一般人只要有苦的准备，煮熟了这苦瓜，吃它的时候第一口苦，第二三口就不会那么苦了！

对待我们的生命与情爱也是这样的，时时准备受苦，不是期待苦瓜变甜，而是真正认识那苦的滋味，才是有智慧的态度。

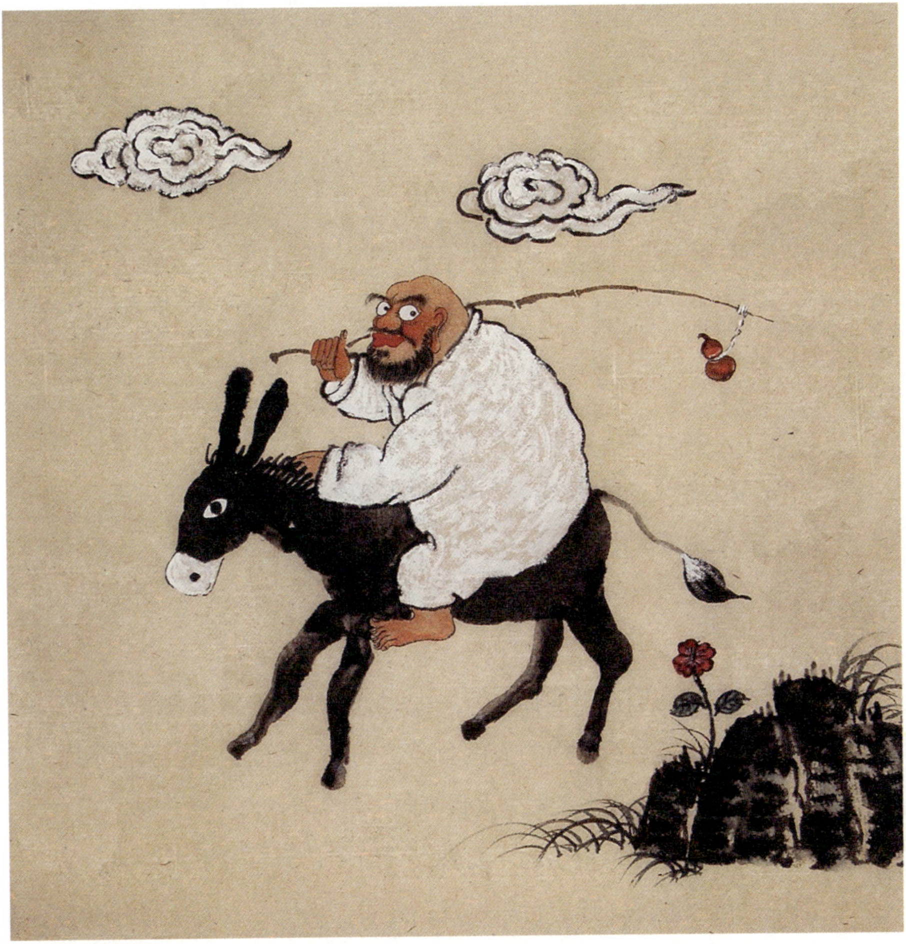

金箭与铅箭

同一棵树,春天来的时候就发芽生长,冬天来了便落叶萧瑟。同样的一个人,心中有爱就点石成金,失去了爱则黄金也变成铅。

希腊神话里,爱神丘比特身上背了两支箭,一支金箭,一支铅箭,传说被金箭射中的人就会滋生爱苗,情爱如痴;被铅箭射中的人就会反目成仇,恨之入骨。

一般人总是希望永远不要被铅箭射中,而且希望天天被金箭射中。可叹的是,丘比特总是双箭连发,当一个人为金箭沉迷的时候,第二支铅箭马上就射来了。

但是人有所不知,金箭与铅箭不是背在丘比特身上,而是背负在我们自己心上。我们热爱一个人的时候,其心如金,闪闪生辉,所中之处鸟语花香,皆如春天;我们怨恨人的时候,其心如铅,灰败沉重,所到之地冰雪封冻,一如严冬。

同一棵树，春天来的时候就发芽生长，冬天来了便落叶萧瑟。同样的一个人，心中有爱就点石成金，失去了爱则黄金也变成铅。

其实，我们每个人都背着金箭与铅箭。

爱神，就是我们自己。

爱神就是我们自己的意思，并不是说这世界除了我们就没有爱神，只是爱神是一个无形的东西，它是我们的环境和因缘，我们内心的金箭与铅箭是我们的"内缘"，我们外在的机遇就是我们的"外境"，而时间与空间的因素是我们的"助缘"。

当我们的内缘与外境、助缘和谐的时候，我们就射出了金箭；可是当内缘、外境、助缘不和谐，甚至起冲突的时候，我们的铅箭就射出去了。

我想，我们对一个人由爱生恨，有时是因我们自己产生了厌离之心，但大部分时间是由于那个对象背弃了我们，后一种情况比较严重，是我们自己用有毒的铅箭射中我们自己，我们的一念怨毒就是一支铅箭，我们天天怨毒就天天中箭。

我认识一些人，他们在爱情里受伤，经过了数十年还满腹的怨恨，这些人心中所射出的铅箭怕是早已塞满天地之间了。

如何把铅箭拔掉才是更重要的吧！

梨花的两种面目

人不只背负着金箭和铅箭,人心还能发射更多的东西。日本近代的禅学大师铃木大拙称之为"渴爱",并且认为一切都是由渴爱来的,他说:

渴爱要看,于是便有了眼睛;
渴爱要听,于是便有了耳朵;
渴爱要跳,于是便有了麋鹿、羚羊、兔子,以及其他会跳的动物;
渴爱要飞,于是便有了各式各样的鸟;
渴爱要游,于是凡有水的地方便有了鱼;
渴爱要开花,于是便有了种种不同的花卉;
渴爱要发光,于是便有了星星;
渴爱要有天体运行的场合,于是便有了天文学上所说的种种现象;
如此等等,举不胜举。
渴爱是宇宙创造者。

因此,"渴爱"先于我们,因为有渴爱,所以我们才有种种的形体,种种的行为,种种的表现。我们先爱了,才产生了善意、关怀、牺牲、有舍、付出,甚至为了所爱,不惜生命;也因为我们先有恨，才有仇恨、嗔毒、抛弃、伤害、毁灭、自私，甚至为了仇恨，消灭自己。

渴爱与外在的对应也是非常重要，我们如果只有金箭和铅箭，而没有弓，以及拉弓的力，不管什么箭都射不出去。我有一个朋友，他家的院子里有一株梨树，每年都会盛开洁白的几近于无染的梨花，有一天他告诉我："每天抬头看到窗外的梨花落了一地，心里真是感到凄凉，在这个世界上，再好的东西也要凋谢和败坏的吧！我们是多么无能，竟然不能保留一朵梨花，让它永远开在树上。"

我看着朋友的信，想到他倚窗独坐的寂寞的影子，不禁也感受到他的忧伤，好像我亲见了他窗外落了一地梨花。

朋友正遭逢一次婚姻与爱情的巨变，心情灰败到极点，这个时候，不要说是梨花，就是节庆的烟火，快乐的颂歌，明朗的阳光，在他的眼中都是忧伤的。

我想到他以前的另一封来信："我真是爱极了院子里这棵梨花，搬到这里选中这个房子，有一大半是因为这棵梨树。早晨醒来站在窗前看梨花落了一地，实在美丽非凡，今天还看到梨树的枝桠间正冒着新芽哩！"

这封信是他结婚不久，刚搬新家时写的，朋友可能早已忘了他曾经以如此美丽的角度去看梨花，两相对照，我们可以体会到，梨花还是同一株梨花，只因看的人心情不同也就有了差别。

最后，梨树被朋友砍倒，因为他要搬家了，他说："我砍倒了梨树，因为我不希望别人拥有它，我要让它永远只活在我的记忆里。"

那棵梨树何辜呢？

可见渴爱所发出的力量有多么强大了！

也可见渴爱与形体有深刻的对应，我们作为人一天，就一天不能去除所有的渴爱，但是，如果我们用对应的转化，可以把不善的渴爱变成善的渴爱。

心常欢喜、离垢、发光……

铃木大拙另有一段极为优美的文字，谈到渴爱的本质与对应，因为太优美了，我忍不住抄录在这里：

> 在一只猫追逐一只老鼠的时候，在一条蛇吞食一只青蛙的时候，在一条狗凶猛地向树上的一只松鼠大吠的时候，在一头猪在污泥中哼叫的时候，在一条鱼悠游自在地在水里游动的时候，在波涛汹涌的怒海上面奔跃的时候，难道我们不在这当中感到我们本身的"渴爱"表现着某些变化无尽的形态吗？星星在晴朗的秋夜发着闪闪的光芒，沉思般地眨着眼睛；莲花在夏日的清晨开放着，甚至在太阳尚未升起之前就展开了它的花瓣；春天来到的时候，所有一切的树木都从漫长的冬眠之中醒来，争先恐后地爆出新生的绿叶——难道我们不是也能看出我们人类的"渴爱"在这当中展露它一部分特质吗？

明白了这个道理，我们就知道了人可以通过修行走向清净的道路，知道了生命的悦乐或爱痛的源泉是我们自己，同时也知道了菩萨之道实是心之所发。

可是，作为一个菩萨，投生到娑婆世界仍然是形象的凡夫，若投生到地狱恶道，也要和地狱众生同受诸种大苦。不同的是，在对应的时候，凡夫感受到无法超越的苦，随苦而转，菩萨虽也处于苦境，却能不沉溺于苦，不为苦所缠缚，甚至以苦为乐——就是他身上纵使被铅箭所射满，但他不因此生恨，由他自己心里射出去的全是金箭。

《华严经普贤行愿品》里有一段弥勒菩萨和善财童子的对话，说到有菩萨心者则"火不能烧，毒不能中，刀不能伤，水不能漂，烟不能熏"；弥勒菩萨接着说："得一切智菩提心药，离五怖畏。何等为五？不为一切三毒火烧，五欲毒不中，惑刀不伤，有流不漂，诸觉观烟不能熏害。"

菩萨并未能免除一切俗世的遭遇，但不同的是在遭遇的时候，他能不被贪、嗔、痴三毒所焚烧，又能不被色、声、香、味、触五欲所射中，不会被迷惑的刀刃所杀伤，不会随波逐流失去清醒，也不会被种种思维辩证的烟所障蔽。

所以，在这个污浊的人间，我们投生于此有两种可能，一是随业流转，二是乘愿再来。菩萨本来不用再来的，因为他要度化众生，发大愿，所以又来了，一旦来到这个世界就只有和众生一起受苦，然而他总有超拔的力量，把种种的烦恼转化为智慧。

在《华严经》《仁王经》里都记载了大乘菩萨的十地，也就是菩萨的十个不同层次。一是欢喜地菩萨，二是离垢地菩萨，三是发光地菩萨，四是焰慧地菩萨，五是极难胜地菩萨，六是现前地菩萨，七是远行地菩萨，八是不动地菩萨，九是善慧地菩萨，十是法云地菩萨。

后面几地的境界是我们凡夫所不能至，但不论在何景何情都能心常欢喜、心常离垢、心常发光、心常燃起智慧之火……都不是不可能的。

"凡夫"与"菩萨"实际上也是心的分别，是受（感受）、想（思维）、行（能动性）、识（细微分别，判断）的分别，而不是形象的分别，但到了最后则又没有分别了。

《法集经》里说：

> 亦得言一切法是菩提，亦得言一切法非为菩提。问曰："以何义故？一切法名为菩提，一切法非菩提？"答曰："于一切法，着我我所，此非菩提；觉一切法平等，知一切法真如，名为菩提。"

一切法，一切外境，一切一切对我们的喜乐或伤害都应做如是观，如果我因而被染着，那我就是一个没有智慧的人了。

在《首楞严三昧经》里，更清楚地说明这个道理：

> 一切凡夫，忆想分别，颠倒取相，是故有缚。动念戏论，是故有缚。见闻觉知，是故有缚。此中实无缚者，

所以者何？诸法无缚，本解脱故。诸法无解，本无缚故。常解脱相，无有愚痴。

事实上，心常解脱的人，心常平等，心常真如，才是真正有智慧的人。

不去草秽，禾实不成

佛教许多经典里，佛陀都说到当一个人动了慈爱之念，对方尚未得到慈爱的利益时，自己就先得利了；反之一个人怀有怨恨，对方尚未受害，自己就先受伤了。非仅如此，不论是慈爱或怨恨的付出，都还将绕一个圈子回来，报在自己身上。

像《出曜经》中说："害人得害。行怨得怨。骂人得骂。击人得击。"

《四十二章经》里说："恶人害贤者，犹仰天而唾；唾不污天，还污己身。逆风扬人，尘不污彼，还坋于身。贤者不可毁，祸必灭己也。"

到了终极，佛教里认为一个人如果不完全去除恶念，就不可能成道；要到了善意遍满，才打下得道的基础。《三慧经》里就说："身譬如地，善意如禾，恶意如草。不去草秽，禾实不成。人不去恶意，亦不得道。人有嗔恚，是为地生蒺藜。善意如电，来即明，去便复冥。邪念如云覆日时，不见己恶意起，不见道。"

这最后两句，是说我们寻常人很难做到完全没有恶念，但是最少应该在恶意萌起的时候，能自己知道，否则就与道无缘了。

所以，在铅箭射出之时，如果能立即觉察到，发出金箭，则人生还是有希望的，在《未曾有因缘经》里说"前心作恶，如云覆月；后心起善，如炬消暗"，正是这个道理。

我们每天从睡眠中起来，其实就是如箭在弦，把自己从自我射出，射到一个复杂的生活环境与人际关系中，能够善处的人，不论遭遇到什么样的困境与烦恼，回到自我的时候，总是身心自在；不能善处的人，即使在快乐的时候，总埋下忧伤的暗影，回到自我的时候，那忧伤又会冒出头来。

当我们的念头发出时，注意它，不要让它空过，不要让它走失，凡所有事，都从善的角度来想，则人生有什么不可度的呢？则怨毒又如何伤害我呢？

化作春泥更护花

写到这里，我想到《四十二章经》里佛陀说的故事。有一个人听到佛陀在修道，并且行大仁慈，心里就起了嗔念，用很难听的话来骂佛陀，佛陀默不应对，那个人骂了半天觉得奇怪，就停止叫骂，问佛陀说："为什么别人骂你，你都无动于衷呢？"

佛陀说:"你办了很丰盛的礼物要送给别人,那个人并不接受,这礼物是不是又回到你自己的手上呢?"

那人说:"当然又回到我的手上!"

佛陀说:"今天你骂我,我并不接受,这就像你自己拿着祸事,又回到你的身上。"

因为这件事,佛陀就教化他的弟子:"犹响应声,影之随形,终无免离,慎勿为恶。"

这个世界会变成今天这个样子,就是太多的仇恨、太多的欲望、太多的争夺、太多的嫉妒所造成的。当然,我们面对这样的世界是无能为力的,但至少我们能从本身做起,不随波逐流,做一个充满广大的、无私的、深刻的爱心的人。

即使从小爱来说,当我们曾经深切地爱过一个人之后,就不要再恨他了吧,如果不能再爱,就把爱化成关心、化成理解、化成清澄的智慧与明心。

如果要做春蚕,也不要到死都吐着怨恨的丝;如果要做蜡炬,也不要永远流着悲伤的泪。

我非常喜欢两句诗:"落红不是无情物,化作春泥更护花。"这是多么优美的境界,一朵花化成了春天的泥土还护着一枝花,而花是不可能永远开在树上的。

若以人喻花,为什么有人一离开了枝桠,就怀恨、忧伤,完全忘记了自己曾经盛开的景况呢?

因此,从现在起,就把我们的铅箭丢掉,把我们的金箭取出,重新把弓拉满吧!

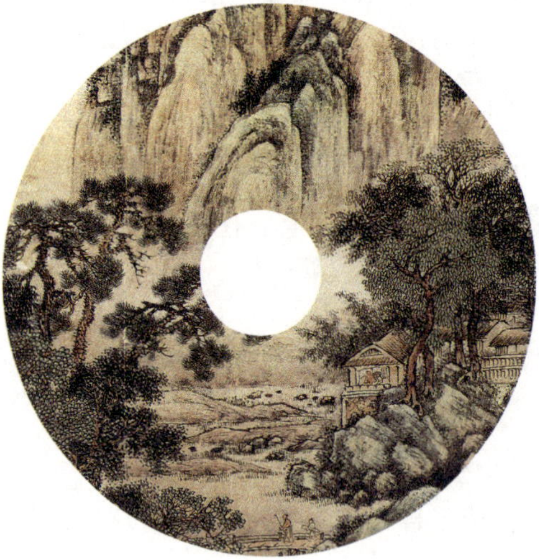

第三部分

万物有深情

我如今能保持乡下孩子恬淡的本性，常能在面对一袋袋只是番薯和芋头，知所取舍变化，创造出最好的样式，在烦闷发愁时不失去向前的信心，我确信和我童年的生活有着密切的关系。因为母亲的影子就在我心里最深刻的角落，永远推动着我。

入梦 入魂 入心

一碗入梦

妻子从网上买了一箱大闸蟹,送到家里,打开箱子,每一只都是活蹦乱跳的。这令我感到惊奇,从阳澄湖到台北,路途何止千里,运送也需要时间,竟能保持螃蟹的生命,在几年前,是不可想象的。

时代真的不同了,朋友在卖生鱼片,专门卖日本各地的海鲜,以低于零下五十度的温度,从东京运来。朋友自豪地说:"保证吃起来和在日本海时,一样鲜美。"

蒸蟹的时候,一边想到时空的变迁,不禁感慨系之。

吃大闸蟹时,小儿子忽然发问:"老师说,以前台湾人不吃大闸蟹,这几年开放才开始吃,是真的吗?"

"如果说是阳澄湖或太湖的大闸蟹,以前是吃不到,如果是吃毛蟹,爸爸从小就是吃毛蟹的,大闸蟹就是毛蟹的一种啊。"

我的童年时代,父亲在六龟新威租了一块林地,搭了一间砖房,在森林里开山,我们常陪爸爸到山上住,有时住上整个夏天。

山上食物欠缺,为了补充营养,什么都吃,天上飞的鸟雀、蝗虫、蚂蚱、蝉;地上能跑的竹鸡、老鼠、锦蛇、兔子、穿山甲;河里游的小虾、小鱼、毛蟹、青蛙、河蚌、蛏子……

天空和陆地上的不易捕捉,河溪里的容易捉到,我们做一些简单的陷阱,竹子上绑着小虫,插在田边、河边,第二天就可以篓,里面放一些鱼肉,第二天就可以收成溪和溪虾。

捉毛蟹则是最有趣的,从下游往上游溯溪,沿路搬开石头,缝隙里就躲着毛蟹,运气好的时候,搬开一块石头,就能捉到五六只。

夏秋之交,毛蟹盛产,个头肥大,我们七八个兄弟忙一个下午,就可以捉到整桶的毛蟹,隔两天再去,又是一桶,几乎捕之不绝。

晚上,爸爸把我们捕来的毛蟹、小鱼、小虾清洗过后,烧一鼎猪油,全都丢下去油炸,炸到酥脆,蘸一点胡椒和盐,一道大菜就这样完成了。

当时山上还没有电灯,就着昏黄跳动的油灯,那一大碗的河鲜跳动着颜色的美,金黄的小鱼、淡红的小虾、深红的毛蟹,挑逗着我们的味蕾。

"开动!"

爸爸一下指令,我们就大吃起来,卡卡恰恰,整只整只地吃进肚子里,不知道为什么,我们吃螃蟹和吃鱼虾一样,都是不吐骨头的,不!是不吐壳的。

那是令人吮指回味的终极美味,我离开山林之后,就没有再

083

吃过了。

就好像爸爸亲手采的草耳（雷公菜）、鸡肉丝菇，还有他亲手用西瓜做的凉菜，都再也吃不到了。

"这就是我们以前吃毛蟹的方式，和吃大闸蟹是很不同的。"我对孩子说。

孩子睡了，我坐在书房，仔细地怀想父亲在开山时的样子，想到我十四岁就离开家乡，当时忙于追寻，很少思念父母。

过了六十，时不时就会想起爸爸、妈妈，爸妈常入我梦来，不知道这是不是老的象征？

想起那一大碗毛蟹，如真似梦，依稀在眼前，那美丽的颜色，一层一层晕染了我的少年时光，在贫穷里也有华丽的光。

一碗入魂

内湖的西湖市场很国际化。有一家法国甜品店，来自巴黎的先生爱上了台北小姐，就在市场楼上经营一家小店，小店只有一张木桌，可以坐下来喝一杯法式拿铁，吃一杯奶酪，手工现作，堪称极品。

更极品的是法式甜点，有蘑菇派、鸡肉派、核桃派，还有奶酪派。当然少不了可丽露和马卡龙。

这几年，台北的可丽露和马卡龙都很流行，但是总觉得哪里不对劲，原来，台北的甜点铺子总把可丽露做得太大颗，马卡龙却太鲜艳，像是漓满了色素的调色盘。

法国厨师含蓄一些，传统一些，可丽露极小，仅供一口，外酥里嫩，焦糖奶香，层次十分丰富，马卡龙只有天然的颜色，不舍得一口吃下，一小口一小口地品尝，才能领略为什么铜板大的马卡龙能征服世界了。

铜板大的马卡龙也是铜板价，一粒五十元，有一次我吃了一粒马卡龙，喝了一杯咖啡，走下楼梯，正遇到高丽菜大拍卖。

"一颗三十元，两颗五十元。"小贩卖力地叫着。

那脸盘大的高丽菜，两颗的卖价仅能换一粒马卡龙，顿时使我百感交集。我想到今年春天，在大阪吃最高级的大阪板烧，以墨鱼和高丽菜烧制，一钵也仅要千元日币，再怎么样，也无法与马卡龙相比呀！

从前，家里也种高丽菜，每到盛产价廉，妈妈会先以薄盐腌过，再晒成干，这样就能储存过冬。用来炖猪蹄髈、炝肉，滋味特别香醇，煮汤的时候，抓一把菜干进去，犹如天降甘霖，晒过阳光的高丽菜立刻复活，热热的，香香的，掠过我们的全身。

可惜的是，晒高丽菜干的手艺已失传，只留在南部少数的客家村。

有一天我路过美浓，看到饭店招牌有"高丽菜封肉"，点来一尝，大失所望，因为他用的是新鲜的高丽菜，不是菜干。

如果能够恢复高丽菜干的传统，菜贩或许就不必在市场淌血拍卖高丽菜了。

这个世界很多事物差之毫厘，失之千里，就以马卡龙来说，几乎每家店都卖马卡龙，价钱都很昂贵，但一百家店里，吃不到一粒真正的马卡龙。三十多年前，那种艳遇，与五十多年前，吃母亲煮的"高丽菜干封肉"，味蕾已经无处寻觅了。

说到西湖市场的国际化，有一家日本人开的博多拉面。

三个日本人都穿黑色T恤，衣服上印着的大字"一碗入魂"。吃了一碗，就要入你的魂魄，那是怎样的拉面呢？

想要"一碗入魂"并不简单，因为每天只卖一锅汤，汤卖完，面也卖完了。晚上六点开卖，十一点领号码牌。领号码牌就要排队，不管多早去晚上排一小时是正常的。

领到号码牌后等待叫号，叫到号码才点餐，只有一种味，博多豚骨拉面，加温泉蛋一百三，再加脊骨油一百七。

点完餐，再安静地等待叫号，整个过程仿佛是一种仪式，当确定了今天可以吃到那碗面，如同魂魄已经张开，等待灌顶加持。

等到端着久违的一碗面，再也没有其他意念。

第一口就入魂了。

吃那晚拉面的过程，会让人忘记是在一个人声鼎沸，混杂忙乱的市场，一口接着一口，当最后一口汤喝完，才如梦初醒。

从此入魂了，不管在何时何地吃豚骨拉面，都会不自觉地想念这一碗，并且用它来作为品评别家拉面的标准。

时不时，我会被记忆拉着，坐上捷运到西湖市场站，去领号码牌。

然后坐着，安静地等待。等待的时刻，魂魄飞远，虽然吃一碗拉面如此费时费事，但心境平宁，因为知道人生有许多事是值得等待的。

有时是一首歌，有时候是一场电影。有时是一树的樱花，有时是一段旅程。有时是用一生等待一个人。

等待我们的，有时是刻骨铭心的相逢，有时是心花碎裂的别离。

"八十八号！"

日本小姐叫唤你手中的号码。

你的魂魄苏醒，你幸福地笑了。

这个世界，不只一碗可以入魂。

即使是窗前飞过的小蝴蝶，也能牵引我的心，匆匆然入魂了。

一碗入心

每年的冬至到了，都使我怅然若失。因为总会想到妈妈的汤圆，那特别的滋味是满街的汤圆无法取代的。妈妈还在的时候，以厨艺闻名于乡里，特别是手作的应节食品，端午的粽子，中秋的月饼，寒食的肉饼，过年的香肠腊肉，还有冬至的鲜肉汤圆。

妈妈不在了，每到佳节，我就会想念妈妈的味道，幸而，粽子、月饼、油饼、香肠、腊肉现在都有，好吃的也很多，只有鲜肉汤圆独出一味，很难找到了。

冬至才令我伤感。

妈妈做的鲜肉汤圆，是自己磨的糯米皮，包着手工剁碎的后腿肉丁，和进一些葱花和蒜花，包得像狮子头大小，形状像椭圆形的橄榄。

煮的时候，先以葱头爆香，炒香菇肉丝，加水煮开。然后浮汤圆，快起锅的时刻加一把大茴香，接着是茼蒿，最后是一把香菜。

妈妈的汤圆，个头特大，吃三颗也就饱了。由于加了茴香和茼蒿，汤头特别香，晚上吃一碗，可以香到第二天早晨。

我很爱吃妈妈的汤圆，旧时的灶间，饭桌就在土灶旁边，我总会在灶旁与妈妈话家常，一边看妈妈包汤圆，煮汤圆，在没有抽油烟机的年代，灶间烟雾蒸腾，充满了香气。看着妈妈忙碌的我，感到非常幸福。

妈妈和我是情深缘浅，一出生的时候，就注定要半辈子分离。

从前的人有排命盘的习惯，我一落地，爸爸就拿命盘给人排八字，算出我使妈妈的健康招克。为了安全起见，每年寒暑假，爸爸总把我送到外婆家或姑妈家。

不到十五岁，我离家到台南读书，之后到台北，之后到世界各地浪游，一直到妈妈过世，我离家整整三十年。

三十年间，我回乡的日子屈指可数，每年少则一两次，多的时候三四次，时间一年比一年稀微。

我每天打电话给妈妈，每次至少讲半个小时，才能稍解我思念妈妈的心情。时间的陷阱常使人远离，话筒中的妈妈青春如昔，每次回家，眼见的妈妈却是黑发飞雪，一次比一次苍老，这使我感到心伤不已。

妈妈是不服老的,每次我回乡,她都会一大早去市场备料,一定会做我爱吃的鲜肉汤圆,把她蓄积了很久很久的爱,很用力很用力地包进去,让我的眼泪在吃汤圆的时候,随着愧疚的心,一滴一滴地落下来。

我很后悔,在妈妈的晚年,我只带她到台北家里住过一次,而我答应,一定会带她去日本旅行,也永远无法实现了。

妈妈的手作汤圆,也成为我生命中的绝响了!

有一年冬至,我和妻子儿女到处寻找鲜肉汤圆,听朋友说,天母士东市场有一家客家汤圆,味美价廉。

吃到那汤圆的时候,我大吃一惊,除了个头没那么大,鲜肉没那么饱满,缺了一味大茴香,味道就像我妈妈煮的一样。我对孩子说:"就好像阿嬷的味道呀!"

没见过阿嬷的孩子,很难想象阿嬷的样子,但是也体会得到爸爸的欢喜和伤感。

幸好客家汤圆整年都开着,想念妈妈是没有季节的,只要思念妈妈,我就会去吃一碗汤圆。

岁月仿佛变得稀薄了,灶间的雾气已成梦幻泡影,多么希望把生命的影像定格在妈妈下汤圆的那一刻。

入梦，入魂，入心

由于我的许多文章，被选入小学、中学、大学的语文课本，常常有人请我写出一个范本，让孩子参考。

这使我为难，因为文章，来如春梦不多时，去似朝云无觅处，并非固定的模式，也没有固定的来源。但是，文章也不是难以捉摸的，作家的生活也与一般人无异，只是感受更灵敏一些，感情更细腻一些，感觉更柔软一些，感动更深刻一些……

作家的生活有更多的悬念、玄想、残心，存在不同的宝盒，等待因缘具足的时刻打开宝盒与生命连结，文章就完成了。

文学创作与世俗生活又不同，它自成一个价值体系，它提炼观点，触动心灵，连结想象、发展思维。

我的创作又与一般作家不同，有时来自梦想的追寻，有时来自灵感的触动，有时来自心性的赋格，我渴望能写出"入梦、入魂、入心"的作品，并以这些作品和有缘人分享。

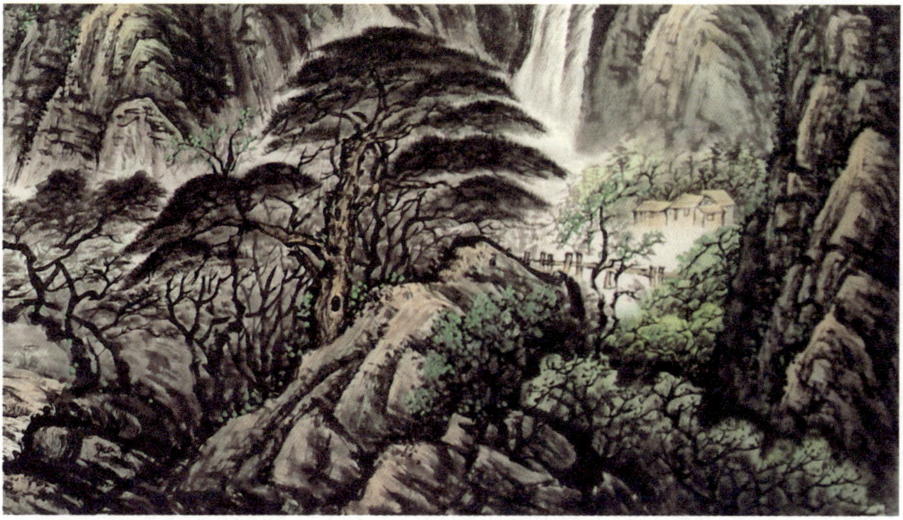

冰糖芋泥

一碗冰糖芋泥其实没有什么，但即使看不到芋头，吃在口中，也可以简单地分辨出那不是别的东西，而是一种无私的爱，无私的爱在困苦中是最坚强的。

每到冬寒时节，我时常想起幼年时候，坐在老家西厢房里，一家人围着大灶，吃母亲做的冰糖芋泥。事隔二十几年，每回想起，齿颊还会涌起一片甘香。

有时候没事，读书到深夜，我也会学着妈妈的方法，熬一碗冰糖芋泥，温暖犹在，但味道已大不如前了。我想，冰糖芋泥对我，不只是一种食物，而是一种感觉，是冬夜里的暖意。

成长在台湾光复后几年的孩子，对番薯和芋头这两种食物，相信记忆都非常深刻。早年在乡下，白米饭对我们来讲是一种奢想，三餐时，饭锅里的米饭和番薯永远是不成比例的，有时早上喝到一碗未掺番薯的白粥，会高兴半天。

生活在那种景况中的孩子只有自求多福,但最为难的恐怕是妈妈,因为她时刻都在想着如何为那简单贫乏的食物设计一些新的花样,让我们不感到厌倦,并增加我们的生活趣味。我至今最怀念的是母亲费尽心机在食物上所创造的匠心和巧意。

打从我刚学会走路的时候,就经常在午后的空闲里,随着母亲到田中采摘野菜,她能分辨出什么野菜可以食用,且加以最可口的配方。譬如有一道菜叫"鸟莘菜",母亲采下那最嫩的芽,用太白粉烧汤,那又浓又香的汤汁,我到今天还不敢稍稍忘记。

即使是番薯的叶子,摘回来后剥皮去丝,不管是火炒,还是清煮,都有特别的翠意。

如果遇到雨后,母亲就拿把铲子和竹篮,到竹林中去挖掘那些刚要冒出头来的竹笋。竹林中阴湿的地方常生长着一种可食用的菌类,是银灰而带点褐色的。母亲称为"鸡肉丝菇",炒起来的味道真是如同鸡肉丝一样。

就是乡间随意生长的青凤梨,母亲都有办法变出几道不同的菜式。

母亲是那种做菜时常常有灵感的人,可是遇到我们几乎天天都要食用、等于是主食的番薯和芋头则不免头痛。将番薯和芋头加在米饭里蒸煮是很容易的,可是如果天天吃着这样的食物,恐怕脾气再好的孩子都要哭丧着脸。

在我们家,番薯和芋头都是长年不缺的,番薯种在离溪河不远处的沙地,纵在最困苦的年代,也会繁茂地生长,取之不尽,食之不绝。芋头则种在田野沟渠的旁边,果实硕大坚硬,也是四季不缺。

我常看到母亲对着用整布袋装回来的番薯和芋头发愁，然后她开始在发愁中创造，企图用最平凡的食物，来做最不平凡的菜肴，让我们整天吃这两种东西不感到烦腻。

母亲当然把最好的部分留下来掺在饭里，其他的，她则小心翼翼地将之切成薄片，用糖、面粉和我们自己养殖的鸡蛋打成糊状，薄片蘸着粉糊下到油锅里炸，到呈金黄色的时刻捞起，然后用一个大的铁罐盛装，就成为我们日常食用的饼干。由于母亲故意宝爱着那些饼干，我们吃的时候是要分配的，所以就觉得格外好吃。

即使是番薯有那么多，母亲也不准我们随便取用，她常谈起日本占领时期空袭的一段岁月，说番薯也和米饭一样重要。那时我们家还用烧木柴的大灶，下面是排气孔，烧剩的火灰落到气孔中还有温热，我们最喜欢把小的红心番薯放在孔中让火烬焖熟，剥开来真是香气扑鼻。母亲不许我们这样做，只有得到奖赏的孩子才有那种特权。

记得我每次考了第一名，或拿奖状回家时，母亲就特准我在灶下焖两个红心番薯以作为奖励；我从灶里取出焖熟的番薯，心中那种荣耀的感觉，真不亚于在学校的讲台上领奖状，番薯吃起来也就特别有味。我们家是个大家庭，我有十四个堂兄弟，四个堂姊，伯父母都是早年去世，由母亲主理家政，到今天，我们都还记得领到两个红心番薯是多么隆重的奖品。

番薯不只用来做饭、做饼、做奖品，还能与东坡肉同卤，还能清蒸，母亲总是每隔几日就变一种花样。夏夜里，我们做完功课，最期待的点心是母亲把番薯切成一寸见方和凤梨一起煮成的甜汤；酸甜兼具，颇可以象征我们当日的生活。

芋头的地位似乎不像番薯那么重要，但是母亲的一道芋梗做成的菜肴，几乎无以形容；有一回我在台北"天津卫"吃到一道红烧茄子，险险落下泪来，因为这道北方的菜肴，味道竟和二十几年前南方贫苦的乡下、母亲做的芋梗极其相似。本来挖了芋头，梗和叶都要丢弃的，母亲却不舍，于是芋梗做了盘中飨，芋叶则用来给我们上学做饭包。

芋头孤傲的脾气和它流露的强烈气味是一样的，它充满了敏感，几乎和别的食物无法相容。削芋头的时候要戴手套，因为它会让皮肤麻痒，它的这种坏脾气使它不能取代番薯，永远是个二副，当不了船长。

我们在过年过节时能吃到丰盛的晚餐，其中不可少的一样是芋头排骨汤。我想全天下没有比芋头和排骨更好的配合了，唯一能相提并论的是莲藕排骨，但一浓一淡，风味各殊，人在贫苦的时候，毋宁是更喜爱浓烈的味道。母亲做红烧鲢鱼头时，炖烂的芋头和鱼头相得益彰，恐怕也是天下无双。

最不能忘记的是我们在冬夜里吃冰糖芋泥的经历，母亲把煮熟的芋头捣烂，和着冰糖同熬，熬成几近晶蓝的颜色，放在大灶上。就等着我们做完功课、被检查过以后，可以自己到灶上舀一碗热腾腾的芋泥，围在灶边吃。每当知道母亲做了冰糖芋泥，我们一回家便赶着做功课，期待着灶上的一碗点心。

冰糖芋泥只能慢慢地品尝，即使在最冷的冬夜，它的每一口也都是滚烫的。我们一大群兄弟姐妹站立着围在灶边，细细享受母亲精制的芋泥，嬉嬉闹闹，吃完后才满足地回房就寝。

二十几年时光的流转，兄弟姊妹都因成长而星散了，连老家都因盖了新屋而消失无踪，有时候想在大灶边吃一碗冰糖芋泥，都已成了奢想。天天吃白米饭，使我想起那段用番薯和芋头堆积起来的成长岁月。想吃去年腌制的葡萄干吗？想吃雨后的油焖笋尖吗？想吃灰烬里的红心番薯吗？想吃冬夜里的冰糖芋泥吗？有时想得不得了。心中徒增一片惆怅，即使真能再制，即使母亲还同样地刻苦，味道总是不如从前了。

我成长的环境是艰困的，因为有母亲的爱，那艰困竟都化成甜美，母亲的爱就表达在那些看起来微不足道的食物里面；一碗冰糖芋泥其实没有什么，但即使看不到芋头，吃在口中，也可以简单地分辨出那不是别的东西，而是一种无私的爱，无私的爱在困苦中是最坚强的。它纵然研磨成泥，但每一口都是滚烫的，是甜美的，在我们最初的血管里奔流。

在寒流来袭的台北灯下，我时常想到，如果幼年时代没有吃过母亲的冰糖芋泥，那么我的童年记忆就完全失色了。

我如今能保持乡下孩子恬淡的本性，常能在面对一袋袋只是番薯和芋头，知所取舍变化，创造出最好的样式，在烦闷发愁时不失去向前的信心，我确信和我童年的生活有着密切的关系。因为母亲的影子就在我心里最深刻的角落，永远推动着我。

姑婆叶随想

每次看到那一字排开的落地生根，就觉得人的生命力与创造力应该像它一样，即使在恶劣的环境中被铲成八节，节节都是完整的，里面都有一个优美的、风格宛然的自我。

在三峡的山上散步，发现满山的姑婆叶，显得非常翠绿肥满，我便离开山间小路，步入草丛间姑婆树蔓生的林里，意外看见姑婆树一串一串艳红得要滴出水的种子，我随手摘取几串成熟的姑婆子，带回家来，种在一些空花盆里。

这几年来，我把顶楼的阳台整理成一个小小的花圃，但是我很少去花市里买花。有一些是从朋友家移种而来，有一些是从乡下山里采来的种子，特别是一些我幼年在乡间常见的花草。像我种了狗尾草、酢浆草、一些蕨类，甚至也种了几丛野芒草，都是别人欲除之而后快的野草。我有时也难以了解为什么自己当时会种这些草，有的还种在陶艺名家昂贵的花盆里。

奇怪的是，不管多么卑微的草，只要我们找一个好的花盆，用心去照料，它就会自然展出内在深处不为人见的美质。由于我们在种植时没有得失的心，使我们与花草都得到舒展与自在，蓦然回首，常看到一些惊人的美。

我有一些花草是用种子种的，像我种了好几盆黄的、白的、红的莲蕉花，是从故乡旗山中山公园采到的莲蕉花种子，撒在花盆中，就长得异乎寻常的茂盛。夏天的时候长到有一人高，春末时节，莲蕉大量结子，我就把它送给喜欢的朋友。

我也种了几棵百香果，是在屏东时，朋友从园子里采下来送我的。我把它种在书房的窗下，两年下来，早就爬满了书房的窗户，藤蔓交缠，绵绵密密。夏夜时，感觉凉风就从里面生起，只可惜种在窗下的百香果不结果，可能是蜜蜂、蝴蝶不能飞到的缘故。

还有几盆是紫丁香，说是紫丁香也不确实，因为有几株是粉红，几株是白。这丁香花夜间有一种乳香，是我最喜欢的香气。它在乡下叫作"煮饭花"[①]，是随处可见、俗贱的花。我种的几盆，种子是在美浓一个朋友家鸡棚边采来的。他送我种子时还说："这从鸡屎里长出的紫丁香种子特别肥大，一定能开出很美丽的花。"

另外有两盆特别有纪念价值的野花。一盆是含羞草，那是前年清明返乡扫墓，在父亲坟上发现的。我们动手清除坟上的蔓草时，发现长了几株含羞草。正在拔除时，看到含羞草的荚果里有许多种子。我采了几个放在口袋，回来后就种了它。事隔一年，

[①] 煮饭花指紫茉莉，并非紫丁香。——编者注

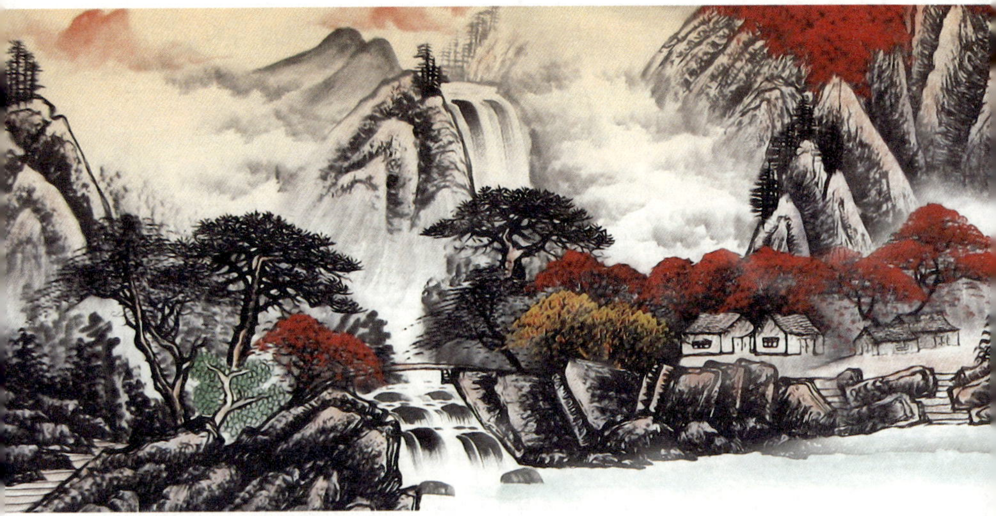

那含羞草开出许多粉红色的球状花朵，真是美极了。我每次浇水，看见含羞草敏感地合起掌心，就默默地思念着我的父亲，希望来世还能与他相会。

还有一盆是落地生根，那是去年有一次在阳明山的永明寺独坐到黄昏下山，路边有人在盖屋子，铲了一堆草在道旁，我眼尖，看到一串铃铛般美丽的花也被铲倒，捡起来，发现它的茎叶零落，根茎断成三节，叶子五片。我全捡起来，埋种在花盆里。落地生根那强烈而奋进的生命真是难以思议，根茎与叶子全部存活，没有一块例外。有的叶子，一片就长成五六株，而且在今年株株都开花了，黄昏时分，好风一吹，仿佛许多串无声的风铃。

落地生根台湾话叫"钟仔花"，国语叫"铃铛花"，都是很美的名字。我每次看到那一字排开的落地生根，就觉得人的生命力与创造力应该像它一样，即使在恶劣的环境中被铲成八节，节节都是完整的，里面都有一个优美的、风格宛然的自我。

我最得意的是在三峡山上采的姑婆树了。它的生命力与落地生根不相上下，而它成长的速度也极惊人。我总觉得自己对姑婆树有一种特别的感情，记得很小很小的时候，第一次听到大人说"姑婆叶"，就有一种永远不忘的惊奇。曾经问过许多大人，那长得像野芋头叶子的树为何叫"姑婆树"，没有一个人知道。

我有一位三姑妈，家里的后园就长了难以计算的姑婆树。她极擅长做粿食甜点，年节时做了很多，会叫表哥送一蒸笼来，笼盖掀起时的景象如今还深印在我的脑海：各种粿食整齐地放在或圆或方的姑婆叶上，虽被猛火蒸过，姑婆叶仍翠绿如在树上。三姑妈养了许多猪，每次杀猪会央人带猪肉来，猪肉在姑婆叶里扎得密实，外面用一条干草束成十字，真是好看极了。

有时我会这样想：那姑婆树会不会是特别为三姑妈而活在世上、而命名的呢？

从前乡下的姑婆叶用途很多，市场里的小贩都用它包东西，又卫生又美观，也不至于破坏环境，比起现在用塑料袋要卫生科学得多。

乡下的孩子上厕所用不着纸，在通往茅坑的路上随手撕下一片姑婆叶，就是最便利的纸了。一直到我离开乡下的前几年，我们都是这样解决的。下雨天时也用不到伞，连茎折下的姑婆叶是天然好用的伞。夏天时的扇子，折半片姑婆叶也就是了。野外烤鸡、烤番薯，用姑婆叶包好埋在热土块里，有特别的清香……

早年的乡下市场，每天清晨都有住在山上的人割两担姑婆叶挑来卖，往往不到一盏茶的工夫，就全卖完了。

有一次看五十年代的乡土电影，一位主妇去市场卖猪肉，竟用红白塑料袋提回家，就觉得导演未免太粗心了。当时台湾根本没有红白塑料袋，如果用姑婆叶包着，稻草束好，气氛就好得多了。

不只是气氛，台湾人倘使还使用姑婆叶，环境也不会败坏到如今这个样子。

姑婆叶在时代里逐渐被遗忘了，正如许多土生在台湾乡间的花草，并不能留下什么，只留下一些温情的回忆。

我看着花盆里那日渐壮大的姑婆树，想到每个时代的一些特质，一些因缘与偶然。植物事实上是表达了一个人的某种心情，不管是姑婆叶、莲蕉花、煮饭花、钟仔花、含羞草，我都觉察到自己是一个平凡而念旧的人。我喜欢这些闲杂花草远胜过我对什么郁金香、姬百合、牡丹花的向往。它让我感觉到，自己一直走在乡间的小路，许多充满草香的景象犹未远去。

在姑婆树高大的身影下，我种了一种在松山路天桥上捡到的植物，名叫"婴儿的眼泪"，想到许多宗教都说唯有心肠如赤子，才可以进天堂。小孩子纯真，没有偏见，没有知识，也不判断，他只有本然的样子。或者在小孩子清晰的眼中，我们会感觉那就像宇宙的某一株花、某一片叶子，他的眼泪就是清晨叶片上的一滴露珠。

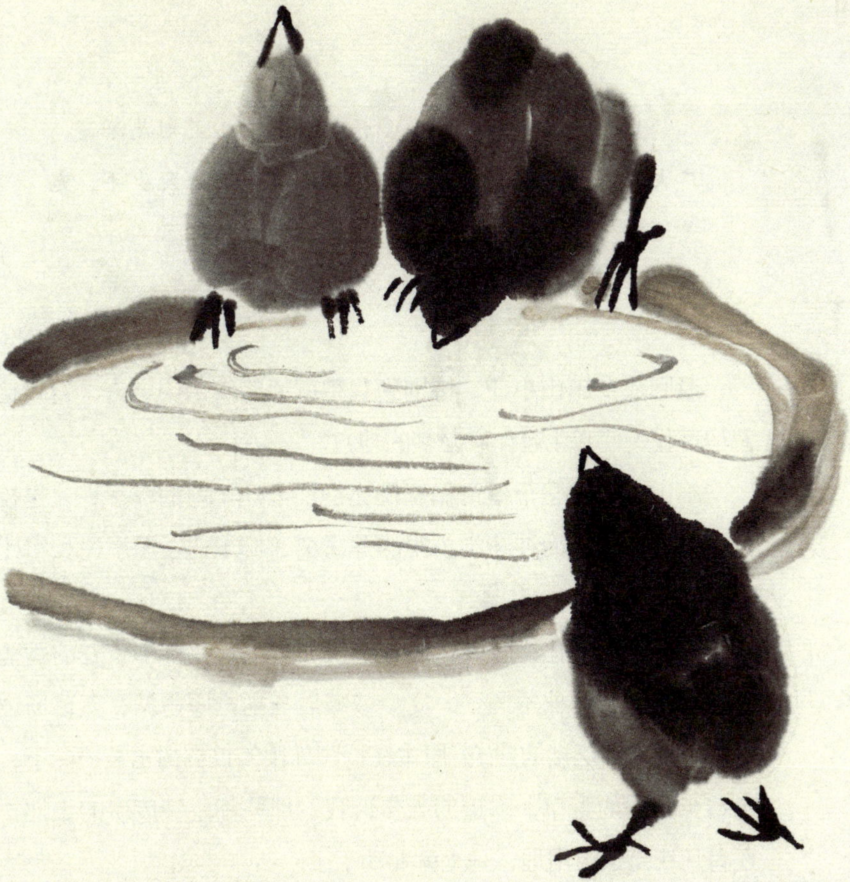

盛夏的凤凰花

世界原是如此辽阔，多情而动人；心灵则是深邃、广大，有无限的空间；对一位生在乡下的平凡少年，光是这样想，就好像装了两只坚强的翅膀。

返回故乡旗山小住，特别到我曾就读的旗山中学去，看看这曾孕育我，使我生起作家之梦的地方。

旗山中学的整个建筑和规模还是二十几年前的样子，只是校舍显得更老旧，而种在学校里的莲雾树、椰子树、凤凰树长得比以前高大了。

学校外面变化比较大，原本围绕着校区的是郁郁苍苍的香蕉树，现在已经一株不剩了，完全被贩厝与别墅所占据，篮球场边则盖了一排四层楼的建筑。原本在校园外围的槟榔树也被铲除了，长着光秃秃的野草，附近的人告诉我，那些都是被废耕的土地，还有几块是建筑用地，马上就要动工了。

看到学校附近的绿树大量减少，使我感到失落，幸好在司令台附近几棵高大的凤凰树还是老样子，盛开着蝴蝶一样的红花，满地的落英。

我在中学的记忆，最深的就是这几棵凤凰树，听说它们是我尚未出生时就这样高大了。从前，每天放学的时候，我会到学校的角落去拉单杠，如果有伴，就去打篮球，打累了我便跑到凤凰树下，靠着树，坐在绿得要滴出油的草地上休息。

坐在那里的时候，不知道为什么会有一个内在的声音在呼唤着，将来长大要当作家，或者诗人。如果当不成，就做画家；再做不成，就做电影导演；再不成，最后一个志愿是去当记者。我想，这些志愿在二三十年前的乡下学生里是很不寻常的，原因在于我是那么喜欢写作、画画和看电影，至于记者，是因为可以跑来跑去，对于初中时没有离开过家乡的我，有很强大的吸引力。

在当时，我的父亲根本还不知道人可以靠写文章、绘画、拍电影来生活。他希望我们好好读书，以便能不再依赖农耕生活，他认为我们的理想职业，是将来回到乡下教书，或做邮局、电信局的职员，当然能在农会或合作社、青果社上班也很好，至于像医生、商人那种很赚钱的行业，他根本不存幻想，他觉得我们不是那种根器。

对于我每天的写作、绘画，赶着到旗山戏院或仙堂戏院去捡戏尾仔的行径，他很不赞成，不过他的农地够他忙了，也没有时间管我。

我那时候常把喜欢的作家或诗人的作品，密密麻麻地写在桌子上,有一回被老师发现,还以为我是为了作弊,后来才发现那上面有郑愁予、周梦蝶、余光中、洛夫、司马中原、梦戈、瘂弦、朱西宁、萧白、罗兰等名字。当然我做梦也没想到二十年后,会一一和这些作家相识,大部分还成为朋友。

为了当作家,我每天去找书来看,到图书馆借阅世界名著,一段一段重抄里面感人与精彩的章节,那样渴望着进入创作心灵,使我感受到生命的深刻与开展;有时读到感人的作品,会开心大笑或黯然流泪,因此我在读中学的时候便是师友眼中哭笑无端的人。我也常常想着:如果有一天能够写作,不知道是幸福得何等的事,当然,后来真的从事写作,体会到写作的不易是很多年以后的事了。

坐在盛开的凤凰树下所产生的梦想,有一些实现了,像我后来去读电影,是由于对导演的梦从未忘情;有近十年的时间专心于绘画,则是对美术追求的愿望;做了十年的新闻工作,完成了到处去旅行探访的心愿;也由于这些累积,我一步一步地走向写作之路。

关于做一个作家,我最感谢的是父母亲,他们从未对我苛求,使我保有了更大的想象空间,也特别感谢我的大姐,当时她在大学中文系读书,寒暑假带回来的文学书籍,便是我的启蒙老师。

在凤凰树下,我想着这些少年的往事,然后我站在升旗台往下俯望,仿佛也看见了我从前升旗所站的位子,世界原是如此辽阔,多情而动人;心灵则是深邃、广大,有无限的空间;对一位生在乡下的平凡少年,光是这样想,就好像装了两只坚强的翅膀。

眼前这宁静的校园是我的母校呀!当我们想到母校,某些爱、关怀,还有属于凤凰花的意象就触动我们,好像想到我们的母亲。

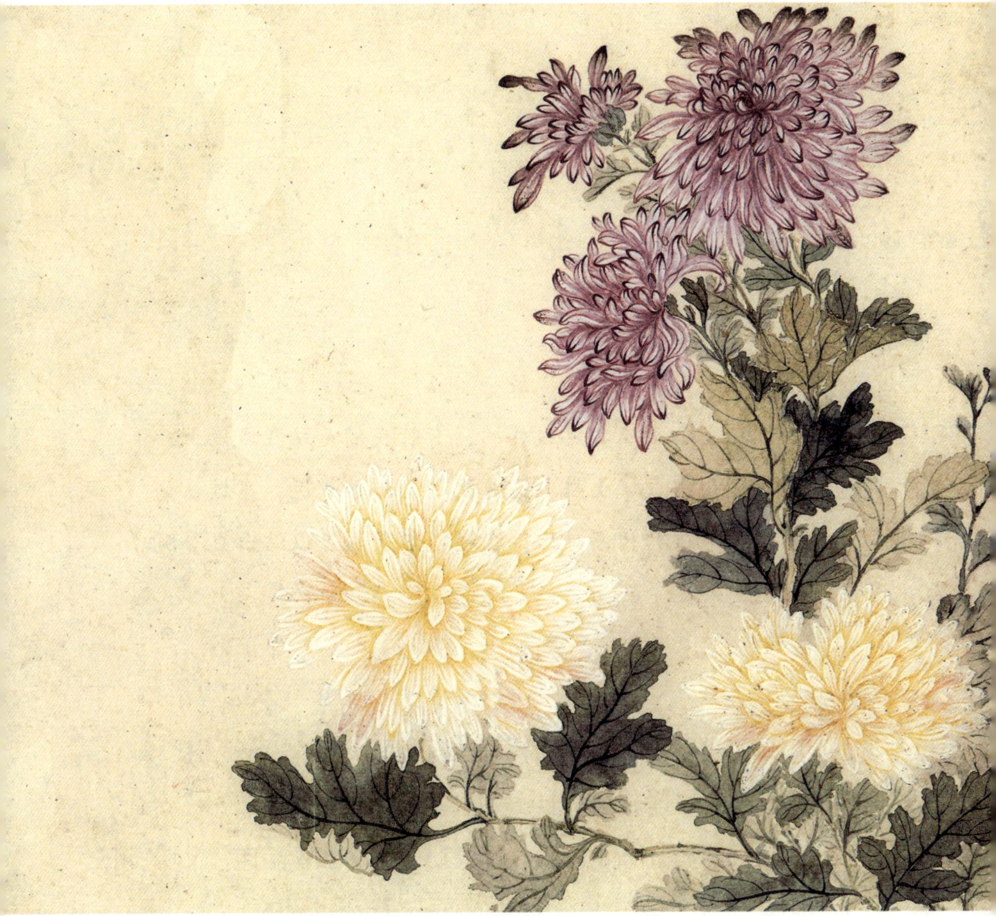

林边莲雾

在生命里确实是这样的,有时我们是站在咸地上,有时还会被咸风吹拂,这是无可如何的景况,不过,如果我们懂得转化、对比,在逆境中或许可以结出更香脆甜美的果实。

到南部演讲,一位计程车司机来看我,送我一袋莲雾。

他说:"这莲雾不同于一般莲雾,你一定会喜欢的。"

"这莲雾有什么不同吗?"我把莲雾拿起来端详,发现它的个儿比一般的莲雾小一点,颜色较深,有些接近枣红。

"这是林边的莲雾,是我家乡的莲雾呀!"他说。

"林边不是生产海鲜吗?什么时候也出产莲雾呢?"我看着眼前这位出身于海边,而在城市里谋生的青年,他还带着极强的纯朴勇毅的乡村气息。

青年告诉我,林边的海鲜很有名,但它的莲雾也很有名,只可惜产量少,只有下港人才知道,不太可能运送到北部。加上林边莲雾长得貌不起眼,黑黑小小的,如果不知味的人,也不会知道它的珍贵。

来自林边的青年拿起一个他家乡的莲雾,在胸前衬衫上来回擦了几下,莲雾的光泽便显露出来,然后他递给我叫我当场吃下。

"要不要洗一下?"我说。

"免啦,海边的莲雾很少洒农药。"

我们便在南方旅店里吃起林边莲雾了,果然,这莲雾与一般的不同,它结实香脆,水分较少,比一般莲雾甜得多,一点也吃不出来是种在海边的咸地上。我把吃莲雾的感想告诉了青年,他非常开心地笑起来,说:"我就知道你会喜欢,今天我出门要来听你的演讲,对我太太说想送一袋莲雾给你,她还骂我神经,说:'莲雾也不是什么贵重的东西!'我就说了:'心意是最贵重的,这一点林先生一定会懂!'"

我听了,心弦被震了一下,我说:"即使不是林边莲雾,我也会喜欢的。"

"那可不同,其他莲雾怎么可以和林边的相比!"他理直气壮地说道。

我也学他的样子,拿一个莲雾在胸前搓搓,就请他吃了。我们两人就那样大嚼林边莲雾,甚至忘记这是他带来的礼物,或是我在请他吃。话题还是林边莲雾,我说:"很奇怪,林边靠着海岸,怎么可能生出这样好吃的莲雾?"

"因为林边的地是咸的,海风也是咸的,莲雾树吸收了这些盐分,所以就特别香甜了。"他说。

"既然吸收的是盐分,怎么会变成香甜呢?"

"它是一种转化呀!海边水果都有这种能力,像种在海岸的西瓜、香瓜、番茄,都比别的地方香甜,只可惜长得不够大,不被重视。也可以说是一种对比,就像我们吃水果,再不甜的水果只要沾盐吃,感觉也会甜一些。"这一段话真是听得我目瞪口呆,从盐分变成香甜感觉上是那样的自然。

看我有点发怔,青年说:"这很容易懂的,就像如果我们拿糖作肥料,种出来的不一定甜。前一阵子不是有些农人在西瓜藤上打糖精吗?那打了糖精的西瓜说多难吃,就有多难吃!"

在那一刻,我感觉眼前的林边青年,就是一位哲学家。后来,他告辞了,我独自坐在旅舍里看着窗外黯淡的大地,吃枣红色的林边莲雾,感受到一种难以言说的滋味,感念这青年开老远的车,送我如此珍贵的礼物,也感念他给我的深刻启发。

在生命里确实是这样的,有时我们是站在咸地上,有时还会被咸风吹拂,这是无可如何的景况,不过,如果我们懂得转化、对比,在逆境中或许可以结出更香脆甜美的果实。

这样想来,林边莲雾是值得欢喜赞叹的,它有深刻的生命力,因而我吃它的时候,也不禁有庄严的心情。

养着水母的秋天

　　因缘固然能使我们相遇,也能使我们离散,只要我们足够明净,相遇时就能听见互相心海的消息,即使是离散了,海潮仍然涌动,偶尔也会记起,海面上的深夜,曾有过水母美丽的磷光,点缀着黑暗。

　　从南部的贝壳海岸回来,带回来两个巨大的纯白珊瑚礁石。
　　由于长久埋在海边,那白色珊瑚礁放了许多天都依然润泽,只是缓慢地退去水分,逐渐露出外表规则而美丽的纹理。但同时我也发现了,失去水分的珊瑚礁仿佛逐渐失去生命的机能,连色泽也没有那样精灿光亮了。当然,我手里的珊瑚礁不知道在多久以前已经死亡,因为长期濡染海水的关系,使它好像容蕴了海的生命,不曾死去。
　　为了让珊瑚礁能不失去色泽与生机,我把它们放进一个巨大的玻璃箱里,那玻璃箱原是孩子养水族的工具,在鱼类死亡后已经空了许久。我把箱子注满水,并在上面点了一盏明亮的灯。

在水的围绕与灯的照耀下,珊瑚礁重新醒觉了似的,恢复了我在海边初见时那不可正视的逼人的白色,虽然没有海浪和潮声,它的饱满圆润也如同在海边一样。

我时常坐在玻璃箱旁,静静地看着这两块在海边极平凡的礁石,它虽然平凡,但是要找到纯白不含一丝杂质,圆得没有半点欠缺的珊瑚礁也不容易。这种白色的珊瑚礁原是来自深海的生物,在它死亡后被强劲的海浪冲击到岸上来,刚上岸的时候它是不规则的,要经过千百年一再的冲刷,才使它的外表完全被磨平,呈现出白玉一般的质地。

圆润的白色珊瑚礁形成的过程,本身就带着一些不可思议的神秘气息,宜于时空的联想。在深海里许多许多年,在海浪里被推送许多许多年,站在沙岸上许多许多年,然后才被我捡拾。如果我们从不会见,再过许多许多年,它就粉碎成为海岸上铺满的白色细沙了。面对海的事物,时空是不能计算的,一粒贝壳沙的形成,有时都要万年以上的时间。因此,我们看待海的事物——包括海的本身、海流、海浪、礁石、贝壳、珊瑚,乃至海边的一粒沙——重要的不是知道它历经多少时间,而是能否在其中听到一些海的消息。海的消息?是的,就像我坐在珊瑚礁的前面,止息了一切心灵的纷扰,就听到从最细微处涌动的海潮音,像是我在海岸旅行时所听见的一般。海的消息是不论我们离开海边多久,都那样亲近而又辽远,细微而又巨大,深刻而又永久。

有一个从海岸迁居到都市的老人告诉我,从海岸来的人在临终的时候，转身面向故乡的海，最后一刻所听见的潮声，与他初生时听见的海潮音之第一印象，是完全相同的。"所以，从海边来到都市的人们，死时总面向着海，脸上带着一种似有若无似笑非笑的苍茫神情，那种表情就像黄昏最后时刻，海上所迷离的雾气呀！"老人这样下着结论。

我边听老人说话，边就起了迷思：那一个初生的婴儿，我们顺着他的啼声往前追索，不管他往什么方向哭，最后是不是都到了海边呢？那一个临终的老人，我们顺着他的眼睛往远处推去，不管他躺卧什么方向，最后是不是都到了海岸呢？我们是住在七山八海交互围绕的世界，所以此岸就是彼岸，彼岸就是此岸，都市汹涌的人群是潮水的一种变奏，人潮中迷茫的眼睛，何尝不是海岸上的沙呢？

对于海，问题不在我们的时空、距离、位置，问题在于我们能不能体贴海的消息。眼前的白色珊瑚礁在某些时候，确实让我想到临终时在心里听到海潮音的老人。他闭着眼睛，身体僵硬如石，石心里还有温暖的质地，那是属于海的部分，不能够改变的。

我养了那两个礁石很久，有一天，夜里开灯，突然看见了水面上翻滚漂浮着的一群生物，在灯光下闪动着荧光，我感到十分吃惊，仔细地看那群生物，它们的身体很小，小得如同初生婴儿小拇指上的指甲，身上的颜色灰褐透明，两旁则有无数像手一样的东西在划动着，当它浮到水面，一翻身，反射灯光就放出磷火一样的光芒。它身体的形状也像一片指甲，但也像一把伞，背后还有细微几至不可辨认的黑点。

这一群不知从哪里冒出来的生物就像太空船忽然来临，使我惶惑，到底这是什么生物？什么因缘突然出生在水箱里？我只能判别这群生物的诞生必与珊瑚礁石有关，其他什么都不知道。

直到有一天来了一位懂生物的朋友，他大叫一声："哎呀！这是水母嘛！"我们坐着研究半天，才做出这样的结论：水母是由体腔壁排卵，卵子孵化为胚以后，就会附着在海上的物体，像礁石一类，过一段时间从胚中横裂分离，就生出水母，一个胚分裂后会变成一群水母，我从海岸携回的白色珊瑚礁原来就有水母胚胎的附着，到水箱以后才分裂出生了一大群小水母。

"这已经是最合理的推论了，不过，"朋友带着疑惑的表情说，"理论上，水母在淡水，尤其是自来水出生，一定会立刻死亡，不会活这么久。"我们同时把目光移向在水里快乐游动的水母，它们已经活了几十天，应该还会继续活下去。

朋友说："有一点似乎可以解释这奇怪的现象，有些科学家实验在水中生孩子，小孩生下来自然就会游泳，反过来说，水母在淡水中生活也不是不可能。"

接下来许多日子的深夜，我都会想着水母在水箱中存活的原因，它们在水箱中诞生的时候，并不知道这世界上有海，当然也没有海水的记忆，这使它可以毫无遗憾地在注满自来水的玻璃箱中生活，水母和人其实没什么不同，今日生活在欧美严寒雪地中的黑人，如何能记忆他们热带蛮荒中的祖先呢？

水母在水箱中活着，却也带给我一些恐慌，那是因为问遍所有的鱼店，没有一个人知道如何养水母，只好偶尔用海藻来喂它们，幸而水母也一天天长大，养了一整个秋天，每一只水母都长得像大拇指甲一样大了。自然，这些水母赢得了无数的赞叹，水族馆中任何名贵的水族也不能相比。

当我还在痴心妄想水母是不是可以长得像海面上的品种那么巨大的时候，水母就一只一只在箱中死亡，冬天才开始不久，一群水母就死光了。我找不出它们死亡的原因，是由于冬季太冷吗？海上的冬天不是比水箱更冷！是由于突然有了海的记忆吗？已经过了这么久，哪里还会在意！或者是由于某些不知的意识突然抬头而意识到自己只能在海里生存吗？

水母没有给我任何回声，我唯一能确信的是那些水母临终的最后一刻，一定能听见海的潮声，虽然它们出生时并未听见。

水母死后，我经历了一段时间的忧伤，就像海边的渔民遇到东北季风。一直到有一天我和一群朋友相见，我指着水箱对他们说："在这个水箱里我曾经养过一群水母，养了一整个秋天。"竟然没有一个人肯完全地相信，因为水箱早已空了，只剩下两块失去海色的珊瑚礁，当朋友说"骗鬼！"的时候，我才真正从隐秘的忧伤中醒来。

海潮、水母、秋天、贝壳海岸，都是多么真实的东西，只是因为时间，所以不在了。

我想到，带我去贝壳沙滩的朋友，他说："主要的是去见识整个海岸布满贝壳沙的情景，捡贝壳还是小事。"最后，我没有捡贝壳，却在海岸的角落带回珊瑚礁，于是就有了水箱、有了水母，以及因水母而心情变化的秋天，还时常念记着海天的苍茫……

这种真实，其实是时间偶遇的因缘。

　　因缘固然能使我们相遇，也能使我们离散，只要我们足够明净，相遇时就能互相听见心海的消息，即使是离散了，海潮仍然涌动，偶尔也会记起，海面上的深夜，曾有过水母美丽的磷光，点缀着黑暗。在时间上，在广大里，在黑暗中，在忧伤深处，在冷漠之际，我们若能时而真挚地对望一眼，知道石心里还有温暖的质地，也就够了。

散步去吃猪眼睛

秋天的时候,我们就爬到山上去捡蝉壳。透明的蝉壳黏挂在野生的相思树上,有时候挂得真像初生不久的葡萄。

不久前,我在家附近的路上散步,发现一条转来转去的小巷尽头新开了一家灯火微明的小摊。

那对摊主夫妇,就像我们在任何巷子的任何小摊上见到的主人一样,中年人,发福的身躯,满满的善意的微笑堆在胖盈盈的脸上,热情地招呼着来往过路的客人。

摊子上卖的食物也极平常,米粉汤、臭豆腐、担仔面、海带卤蛋猪头皮,甚至还有红露酒,以及米酒加保力达P,总之是那种随时随意可以小吃细酌的地方。

我坐下来,叫了一些小菜,一杯酒,才发现这个小摊子上还卖猪眼睛、猪肺、猪肝连——这三样东西让我很震惊,因为它们

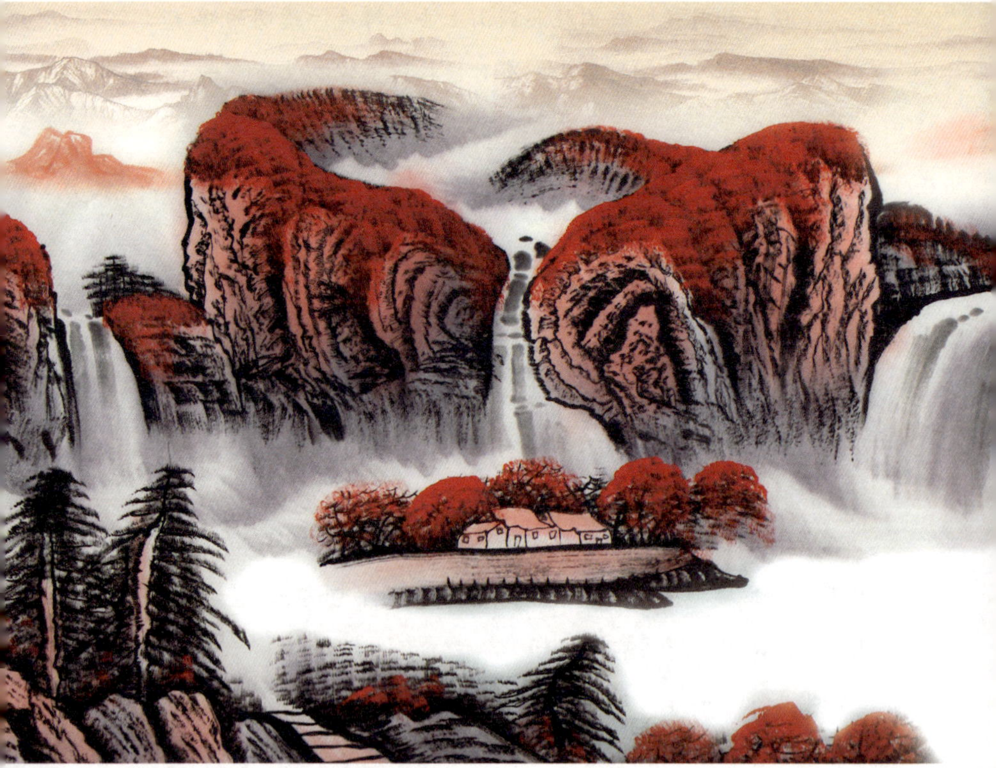

关联着我童年的一段记忆。

我便就着四十烛光[①]的小灯,喝着米酒,吃着那几种平凡而卑微的小菜,想起小菜内埋藏的辛酸口味。

童年的时候,家住在偏远的乡下,离家不远处有一个小小的市场,市场口不知道什么时候就成了个去吃点心夜宵的摊子。

哥哥和我经常到市场口去玩,去看热闹,去看那些蹲踞在长板凳条上吃夜宵的乡人。我们总是咽着口水,站在远远的地方看着。对于经常吃番薯拌饭的乡下穷孩子,吃夜宵仿佛是一个相当遥远的梦想。有时候站得太近了,哥哥总会紧紧拉着我的手匆匆从市场口离开。

后来,哥哥想了一个办法。每到假日就携着我的手到家后面的小溪摸蛤——那条宁静轻浅的小溪生产着数量丰富的蛤仔、泥鳅和鱼虾。我们找来一个旧簸箕,溯着溪流而上,一段一段地清理溪中的蛤仔,常常忙到太阳西下,能摸到几斤重的蛤仔。我们把蛤仔批售给在市场里摆海鲜摊位的蚵仔伯,换来一些零散的角子。我们瞒着爸妈,把那些钱全存在锯空的竹筒里。

秋天的时候,我们就爬到山上去捡蝉壳。透明的蝉壳黏挂在野生的相思树上,有时候挂得真像初生不久的葡萄。有时候我们也抓蜈蚣、蛤蟆,全部集中起来卖给街市里的中药铺。据说蝉壳、蜈蚣、蛤蟆都可以用来做中药治皮肤病。

有时我们跑到更远的地方,去捡到处散置的破铜烂铁,以一斤五毛钱的价格卖给收旧货的摊子。

[①]四十烛光:约相当于大陆说的四十瓦之意。——编者注

春天是我们收入最丰盛的时间。稻禾初长的时候,我们沿着田沟插竹枝。竹子上用钓钩钩住小青蛙,第二天清晨就去收那些被钩在竹枝上的田蛙,然后提到市场去叫卖。稻子长成收割了,我们则和一群孩童到稻田中拾穗,那些被农人遗落在田里的稻穗,是任何人都可以去捡拾的,还有专门收购这些稻穗的人。

甘蔗收成完了,我们就到蔗田捕田鼠,把田鼠卖给煮野味的小店,或者是灌香肠的贩子。后来我们有了一点钱,哥哥带我去买了一张捕雀子的网,就挂在稻田的旁边,捕捉进网的小麻雀,运气好的话还可以捉到野斑鸠,或失群的鸽子。

我们那些一点一滴的收入全变成角子,偷偷地放置在我们共有的竹筒里。竹筒的钱愈积愈多,我们时常摇动竹筒,听着银钱在里面喧哗的响声,高兴得夜里都难以入眠。

哥哥终于做了一个重大决定,说:"我们到市场口去吃夜宵。"

我们商量了一阵,把日期定在布袋戏《大侠一江山》到市场口公演的那一天。日子到的时候,我们破开竹筒,铜板像不能控制的潮水般"哗啦啦"散了一地,我们差一点没有高声欢呼起来。哥哥捧着一堆铜板告诉我:"这些钱我们可以吃很多夜宵了。"

我们各揣了一口袋的铜板到市场口,决定好好大吃一顿。我们挤在人丛里看《大侠一江山》,心却早就飞到卖小吃的地方了。

戏演完了,我们学着乡下人的样子,把两只脚踩蹲在长条凳上,各叫了一碗米粉汤,然后就不知道要吃什么才好了,又舍不得花钱,憋了很久,哥哥才颤颤地问:"什么肉最便宜?"

胖胖的老板娘说:"猪眼睛、猪肺、猪肝连都很便宜!"

"各来两块钱吧！"我和哥哥异口同声地说。

那天夜里我们吹着口哨回家——我们终于吃过夜宵了，虽然那要花掉我们一个月辛苦工作的成绩。猪眼睛、猪肺、猪肝连都是一般人不吃的东西，我们却觉得是说不出的美味，那种滋味恐怕也说不清楚，大概是因为我们吃着的是自己用血汗换来的吧！

后来，我们每当工作了一段时间，哥哥就会说："我们去吃猪眼睛吧！"

我们就携着手走出家门前悠长的巷子。我们有很好的兴致在乡道上散步，会停下来看光辉闪照的月亮，会充满喜乐地辨认北极星的方位。我们觉得人生的一切真是美好，连聒噪的蛙鸣都好听——没有特别的原因，只是因为我们要散步去吃猪眼睛。

有一次我们存了一点钱，就想到戏院里看正在上映的电影。看电影对我们也是一种奢侈，平常我们都是去捡戏尾仔，或者在戏院门口央求大人带我们进去，这一次我们终于可以用自己赚来的钱去看电影了。

到电影院门口，我们才知道看一场电影竟要一块半，而我们身上只有两块钱。

哥哥买了一张票，说："你进去看吧，我在外面等你，你出来后再告诉我演些什么。"

我说："哥，还是你进去看，你脑子好，出来再说故事给我听。"

两人争执半天，我拗不过哥哥，进去了。那场电影是日本电影《黄金孔雀城》，那是部热闹的电影，可是我怎么也看不下去，只是惦记着坐在戏院外面台阶上的哥哥，想到为什么我们不能一起坐着看电影呢？

电影没看完我就跑出来了，看到哥哥冷清的背影，他支着肘不知在想什么事情。戏院外不知何时下起细雨来的，雨丝飘飘，淋在哥哥理光的头颅上。

"戏演完了？"哥哥看到我的时候说。

我摇摇头。

"这个戏怎么这样短，别人为什么都没有出来？"

我又摇摇头。

"演些什么？好不好看？"

我忍着泪，再摇摇头。

"你怎么搞的？戏到底演些什么？"哥哥着急地询问着。

"哥哥……"我忍不住号啕大哭起来，一句话也说不清楚。

我们就相拥着在戏院门口的微雨中哭泣起来，哭了半天，哥哥说："下次不要再花钱看电影了，还是去吃猪眼睛好。"

我们就在雨里散步走回家，路过市场口，都禁不住停下来看着那个卖猪眼睛的摊子。

经过这么多年，我完全记不得第一次自己花钱看的电影演些什么了。然而哥哥穿着小学的卡其色制服的样子，理得光光的头颅，淋着雨冷清清的背影，我却永不能忘，愈是冲刷愈有光泽。

自从发现住家附近有了卖猪眼睛的摊子，我就时常带着妻子去吃猪眼睛，并和她一起回忆我那虽然辛苦却色泽丰富的童年。

我们时常无言地散步，沿着幽暗的巷子走到尽头去吃猪眼睛，仿佛一口口吃着自己的童年。

每当我工作辛苦，感到无法排遣的时候，就在散步去吃猪眼睛的路上，我会想起在溪流中，在山林上，在稻田里的那些最初的劳动，并且想起我敬爱的哥哥童年时代坐在戏院门口等我的背影。这些旧事使我充满了力量，使我觉得人生大致上还是美好的，即使是猪眼睛也有说不出的美味。

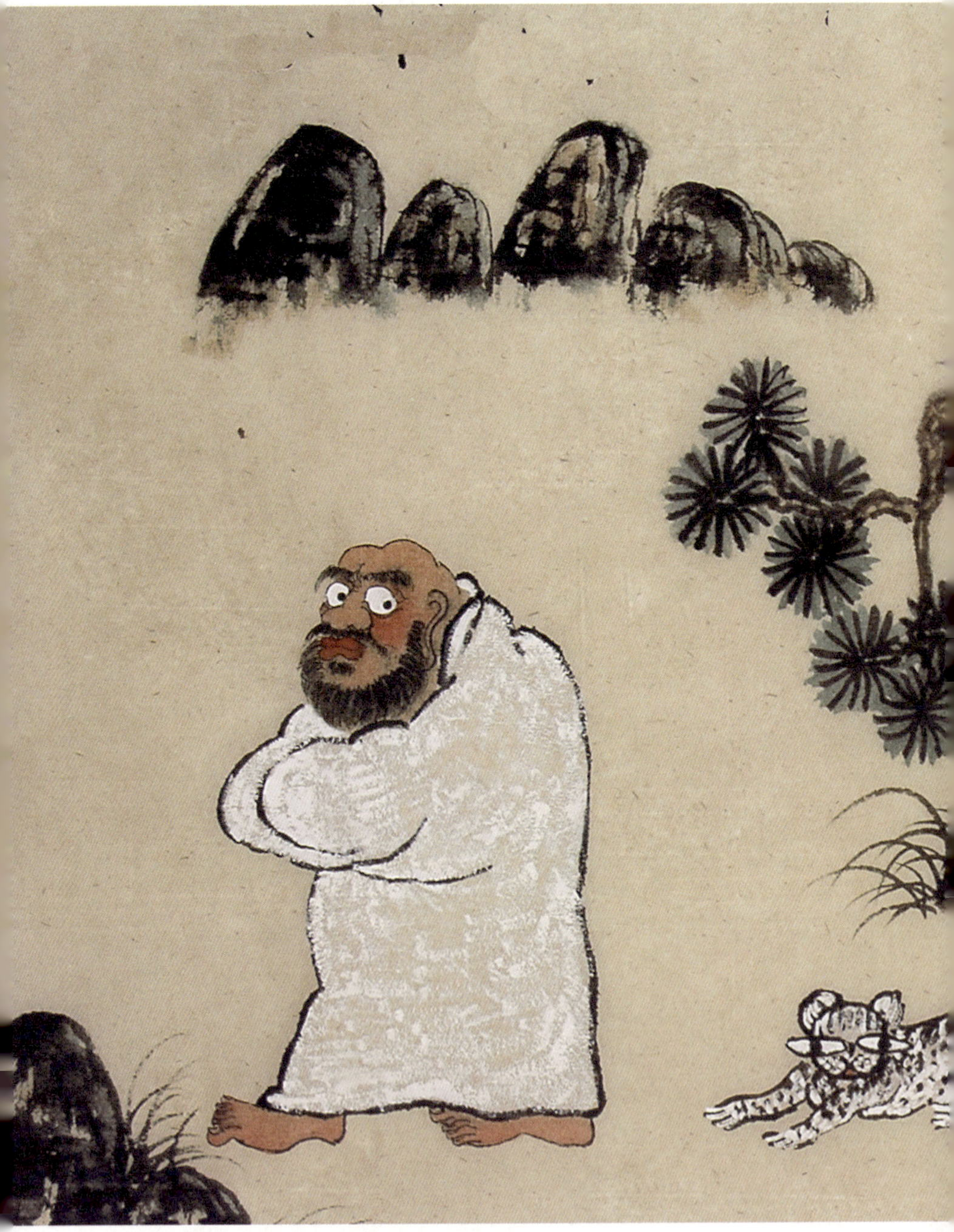

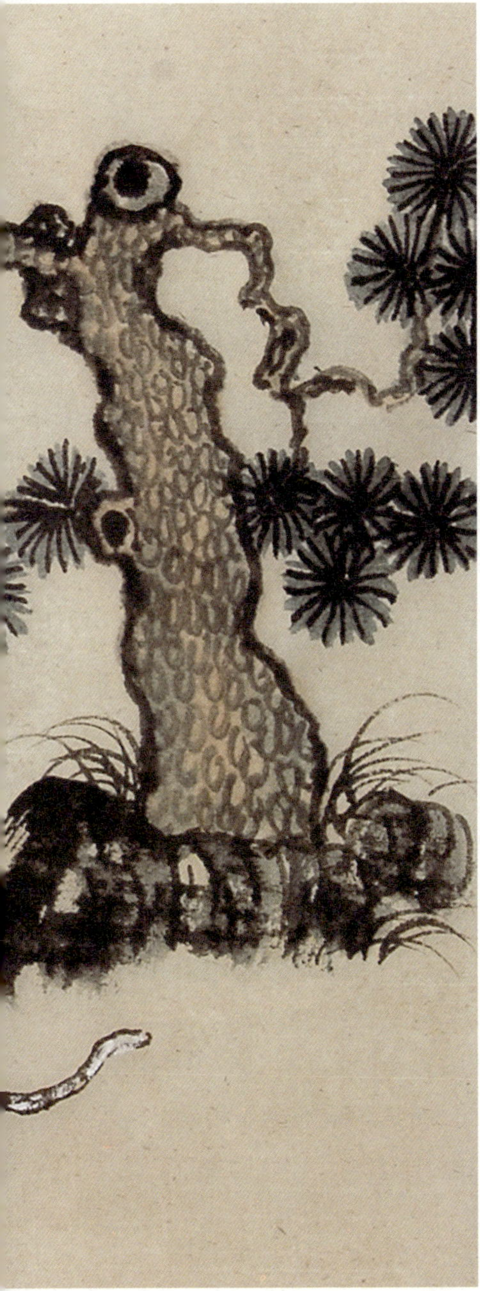

有情生

在有情者的眼中,蓝田能日暖,良玉可以生烟;朔风可以动秋草,边马也有归心;蝉噪之中林愈静,鸟鸣声里山更幽;甚至感时的花会溅泪,恨别的鸟也惊心……

我很喜欢英国诗人布雷克的一首短诗:

被猎的兔每一声叫,
就撕掉脑里的一根神经;
云雀被伤在翅膀上,
一个天使止住了歌唱。

因为在短短的四句诗里,他表达了一个诗人悲天悯人的胸怀,看到被猎的兔子和受伤的云雀,诗人的心情化作兔子和云雀,然后为人生写下了警语。这首诗可以说暗暗冥合了中国佛家的思想。

在我们眼见的四周生命里（也就是佛家所言的"六道众生"），是不是真是有情的呢？中国佛家所说的"仁人爱物"是不是说明着物与人一样的有情呢？

每次我看到林中歌唱的小鸟，总为它们的快乐感动；看到天际结成人字，一路南飞的北雁，总为它们互助相持感动；看到喂饲着乳鸽的母鸽，总为它们的亲情感动；看到微雨里比翼双飞的燕子，总为它们的情爱感动。这些长着翅膀的飞禽，处处都显露了天真的情感，更不要说在地上体躯庞大、头脑发达的走兽了。

甚至，在我们身边的植物，有时也表达着一种微妙的情感，或者更确切地说是机缘和生命力；只要我们仔细观察那些在阳光雨露中快乐展开叶子的植物，感觉高大树木的精神和呼吸，体会那正含苞待开的花朵，还有在原野里随风摇动的小草，都可以让人真心地感到动容。

有时候，我又觉得怀疑，这些简单的植物可能并不真的有情，它的情是因为和人的思想联系着的；就像佛家所说的"从缘悟达"；禅宗里留下许多这样的见解，有的看到翠竹悟道，有的看到黄花悟道，有的看到夜里大风吹折松树悟道，有的看到牧牛吃草悟道，有的看到洞中大蛇吞食蛤蟆悟道，都是因无情物而观见了有情生。世尊释迦牟尼也因夜观明星悟道，留下"因星悟道，悟罢非星，不逐于物，不是无情"的精语。

我们对所有无情之物表达的情感也应该做如是观。吕洞宾有两句诗"一粒粟中藏世界，半升铛内煮山川"，原是把世界山川放在个人的有情观照里；就是性情所至，花草也为之含情脉脉的意思。正是有许多草木原是无心无情,若要能触动人的灵机则颇有余味。

我们可以意不在草木,但草木正可以寄意;我们不要叹草木无情,因草木正能反映真性。在有情者的眼中,蓝田能日暖,良玉可以生烟;朔风可以动秋草,边马也有归心;蝉噪之中林愈静,鸟鸣声里山更幽;甚至感时的花会溅泪,恨别的鸟也惊心……何况是见一草一木于性情之中呢?

常春藤

在我家巷口有一间小的木板房屋,居住着一个卖牛肉面的老人。那间木板屋可能是一座违章建筑,由于年久失修,整座木屋往南方倾斜成一个夹角,木屋处在两座大楼之间,愈发显得破败老旧,仿佛随时随地都要倾颓散成一片片木板。

任何人路过那座木屋,都不会有心情去正视一眼,除非看到老人推着面摊出来,才知道那里原来还有人居住。

但是在那断板残瓦南边斜角的地方,却默默地生长着一株常春藤,那是我见过最美的一株,许是长久长在阴凉潮湿肥沃的土地上,常春藤简直是毫无忌惮地怒放着,它的叶片长到像荷叶一般大小,全株是透明翡翠的绿,那种绿就像朝霞照耀着远远群山的颜色。

沿着木板壁的夹角，常春藤几乎把半面墙长满了，每一株绿色的枝条因为被夹壁压着，全往后仰视，好像往天空伸出了一排厚大的手掌；除了往墙上长，它还在地面四周延伸，盖满了整个地面，近看有点像还没有开花的荷花池了。

　　我的家里虽然种植了许多观叶植物，我却独独偏爱木板屋后面的那片常春藤。无事的黄昏，我在附近散步，总要转折到巷口去看那棵常春藤，有时看得发痴，隔不了几天去看，就发现它完全长成不同的姿势，每个姿势都美到极点。

　　有几次是清晨，叶片上的露珠未干，一颗颗滚圆地随风在叶上转来转去，我再仔细地看它的叶子，每一片叶都是完整饱满的，丝毫没有一丝残缺，而且没有一点尘迹；可能正因为它长在夹角，连灰尘都不能至，更不要说小猫小狗了。我爱极了长在巷口的常春藤，总想移植到家里来种一株，几次偶然遇到老人，却不敢开口。因为它正长在老人面南的一个窗口，倘若他也像我一样珍爱他的常春藤，恐怕不肯让人剪裁。

　　有一回正是黄昏，我蹲在那里，看到常春藤又抽出许多新芽，正在出神之际，老人推着摊车要出门做生意，木门咿呀一声，他对着我露出了善意的微笑，我趁机说："老伯，能不能送我几株您的常春藤？"

　　他笑着说："好呀，你明天来，我剪几株给你。"然后我看着他的背影背着夕阳向巷子外边走去。

　　老人如约地送了我常春藤，不是一两株，是一大把，全是他精心挑拣过，长在墙上最嫩的一些。我欣喜地把它种在花盆里。

没想到第三天台风就来了，不但吹垮了老人的木板屋，也把一整株常春藤吹得没有影踪，只剩下一片残株败叶，老人忙着整建家屋，把原来一片绿意的地方全清扫干净，木屋也扶了正。我觉得怅然，将老人送我的一把常春藤要还给他，他只要了一株，他说：

"这种草的耐力强，一株就要长成一片了。"

老人的常春藤只随便一插，也并不见他施水除草，只接受阳光和雨露的滋润。我的常春藤细心地养在盆里，每天晨昏依时浇水，同样也在阳台上接受阳光和雨露。

然后我就看着两株常春藤在不同的地方生长，老人的常春藤愤怒地抽芽拔叶，我的是温柔地缓缓生长；他的芽愈抽愈长，叶子愈长愈大；我的则是芽愈来愈细，叶子愈长愈小。比来比去，总是不及。

那是去年夏天的事了。现在，老人的木板屋有一半已经被常春藤覆盖，甚至长到窗口；我的花盆里，常春藤已经好像长进宋朝的文人画里了，细细的垂覆枝叶。我们研究了半天，老人说："你的草没有泥土，它的根没有地方去，怪不得长不大。呀！还有，恐怕它对这块烂泥地有了感情呢！"

非洲红

三年前，我在一个花店里看到一株植物，茎叶全是红色的，虽是盛夏，却溢着浓浓秋意。它被种植在一个深黑色滚着白边的瓷盆里，看起来就像黑夜雪地里的红枫。卖花的小贩告诉我，那株红植物名字叫"非洲红"，是引自非洲的观叶植物。我向来极爱枫树，对这小圆叶而颜色像枫叶的非洲红自也爱不忍释，就买来摆在书房窗口外的阳台，每日看它在风中摇曳。非洲红是很奇特的植物，放在室外的时候，它的枝叶全是血一般的红；而摆在室内就慢慢地转绿，有时就变得半红半绿，在黑盆子里煞是好看。

它叶子的寿命不久，隔一两月就全部落光，然后在茎的根头又一夜之间抽放出绿芽，一星期之间又是满头红叶了，使我真正感受到时光变异的快速，以及生机的运转。年深日久，它成为院子里，我非常喜爱的一株植物。

去年我搬家的时候，因为种植的盆景太多，有一大部分都送人了。新家没有院子，我只带了几盆最喜欢的花草，大部分的花草都很强韧，可以用卡车运载，只有非洲红，它的枝叶十分脆嫩，我不放心搬家工人，因此用一个木箱子把它固定装运。

没想到一搬了家，诸事待办，过了一星期安定下来以后，我才想到非洲红的木箱；原来它被原封不动地放在阳台，打开以后，发现盆子里的泥土全部干裂了，叶子全部落光，连树枝都萎缩了。我的细心反而害了一株植物，使我伤心良久，妻子安慰我说："植物的生机是很强韧的，我们再养养看，说不定能使它复活。"

我们便把非洲红放在阳光照射得到的地方，每日晨昏浇水，夜里我坐在阳台上喝茶的时候，就怜悯地望着它，并无力地祈祷它的复活。大约过了一星期左右，有一日清晨我发现，非洲红抽出碧玉一样的绿芽，含羞地默默地探触它周围的世界，我和妻子心里的高兴远胜过我们辛苦种植的郁金香开了花。

我不知道非洲红是不是真的来自非洲，如果是的话，经过千山万水的移植，经过花匠的栽培而被我购得，这其中确实有一种不可言说的缘分。而它经过苦旱的锻炼竟能从裂土里重生，它的生命是令人吃惊的。现在我的阳台上，非洲红长得比过去还要旺盛，每天张着红红的脸蛋享受阳光的润泽。

由非洲红，我想起中国北方的一个童话《红泉的故事》。它说在没有人烟的大山上，有一棵大枫树，每年枫叶红的秋天，它的根渗出来一股不息的红泉，只要人喝了红泉就全身温暖，脸色比桃花还要红，而那棵大枫树就站在山上，看哪些女人喝过它的红泉水，它就选其中最美的女人抢去做媳妇，等到雪花一落，那个女人也就变成枫树了。这当然是一个虚构的童话，可是中国人的心目中确实认为枫树也是有灵的。枫树既然有灵，与枫树相似的非洲红又何尝不是有灵的呢？

在中国的传统里，人们认为一切物类都有生命、有灵魂、有情感，能和人做朋友，甚至恋爱和成亲了。同样的，人对物类也有这样的感应。我有一位爱兰的朋友，他的兰花如果不幸死去，他会痛哭失声，如丧亲人。我的灵魂没有那样纯洁，但是看到一棵植物的生死会使人喜悦或颓唐，恐怕是一般人都有过的经历吧！

非洲红变成我最喜欢的一株盆景，我想除了缘分，就是它在死到最绝处的时候，还能在一盆小小的土里重生。

紫茉莉

我对那些按着时序在变换着姿势，或者是在时间的转移中定时开合，或者受到外力触动而立即反应的植物，总是把持着好奇和喜悦的心情。

像种在园子里的向日葵或是乡间小道边的太阳花，是什么力量让它们随着太阳转动呢？难道只是对光线的一种敏感？

像平铺在水池的睡莲，白天它摆出了最优美的姿势，为何在夜晚偏偏睡成一个害羞的球状？而昙花正好和睡莲相反，它总是要等到夜深人静的时候，才张开笑颜，放出芬芳。夜来香、桂花、七里香，总是愈黑夜之际愈能品味它们的幽香。

还有含羞草和捕虫草，它们一受到摇动，就像一个含羞的姑娘默默地颔首。还有冬虫夏草，明明冬天是一只虫，夏天却又变成一株草。

在生物书里我们都能找到解释这些植物变异的一个经过实验的理由，这些理由对我却都是不足的。我相信在冥冥中，一定有一些精神层面是我们无法找到的，在精神层面中说不定这些植物都有一颗看不见的心。

能够改变姿势和容颜的植物，和我关系最密切的是紫茉莉花。

我童年的家后面有一大片未经人工垦殖的土地，经常开着美丽的花朵，有幸运草的黄色或红色小花，有银合欢黄或白的圆形花，有各种颜色的牵牛花，秋天一到，还开满了随风摇曳的芦苇花……

就在这些各种形色的花朵中,到处都夹生着紫色的小茉莉花。

茉莉是乡间最平凡的野花,它们整片整片地丛生着,貌不惊人,在万绿中却别有一番姿色。在乡间,紫茉莉的名字是"煮饭花",因为它在有露珠的早晨,或者白日中天的正午,或者是星满天空的黑夜都紧紧闭着;只有一段短短的时间开放,就是在黄昏夕阳将下的时候,农家结束了一天的劳作,炊烟袅袅升起的时候,才像突然舒解了满怀心事,快乐地开放出来。

每一个农家妇女都在这个时间下厨做饭,所以它被称为"煮饭花"。

这种一两年或多年生的草本植物,生命力非常强盛,繁殖力特强,如果在野地里种一株紫茉莉,隔一年,满地都是紫茉莉花了;它的花期也很长,从春天开始一直开到秋天,因此一株紫茉莉一年可以开多少花,是任何人都数不清的。

最可惜的是,它一天只在黄昏时候盛开,但这也是它最令人喜爱的地方。曾有植物学家称它是"农业社会的计时器",它当开放之际,乡下的孩子都知道,夕阳将要下山,天边将会飞来满空的红霞。

我幼年的时候,时常和兄弟们在屋后的荒地上玩耍,当我们看到紫茉莉一开,就知道回家吃晚饭的时间到了。母亲让我们到外面玩耍,也时常叮咛:"看到煮饭花盛开,就要回家了。"我们遵守着母亲的话,经常每天看紫茉莉开花才踩着夕阳下的小路回家,巧的是,我们回到家,天就黑了。

从小,我就有点痴,弄不懂紫茉莉为什么一定要选在黄昏开,有多次坐着看满地含苞待放的紫茉莉,看它如何慢慢地撑开花瓣,出来看夕阳的景色。问过母亲,她说:"煮饭花是一个好玩的孩子,玩到黑夜迷了路变成的,它要告诉你们这些野孩子,不要玩到天黑才回家。"

母亲的话很美,但是我不信,我总认为紫茉莉一定和人一样是喜欢好景的,在人世间又有什么比黄昏的景色更好呢?因此它选择了黄昏。

紫茉莉是我童年里很重要的一种花卉,因此我在花盆里种了一棵,它长得很好,可惜在都市里,它恐怕因为看不见田野上黄昏的好景,几乎整日都开放着,在我盆里的紫茉莉可能经过市声的无情洗礼,已经忘记了它祖先对黄昏彩霞最好的选择了。

我每天看到自己种植的紫茉莉,都悲哀地想着,不仅是都市的人们容易遗失自己的心,连植物的心也在不知不觉中迷失了。

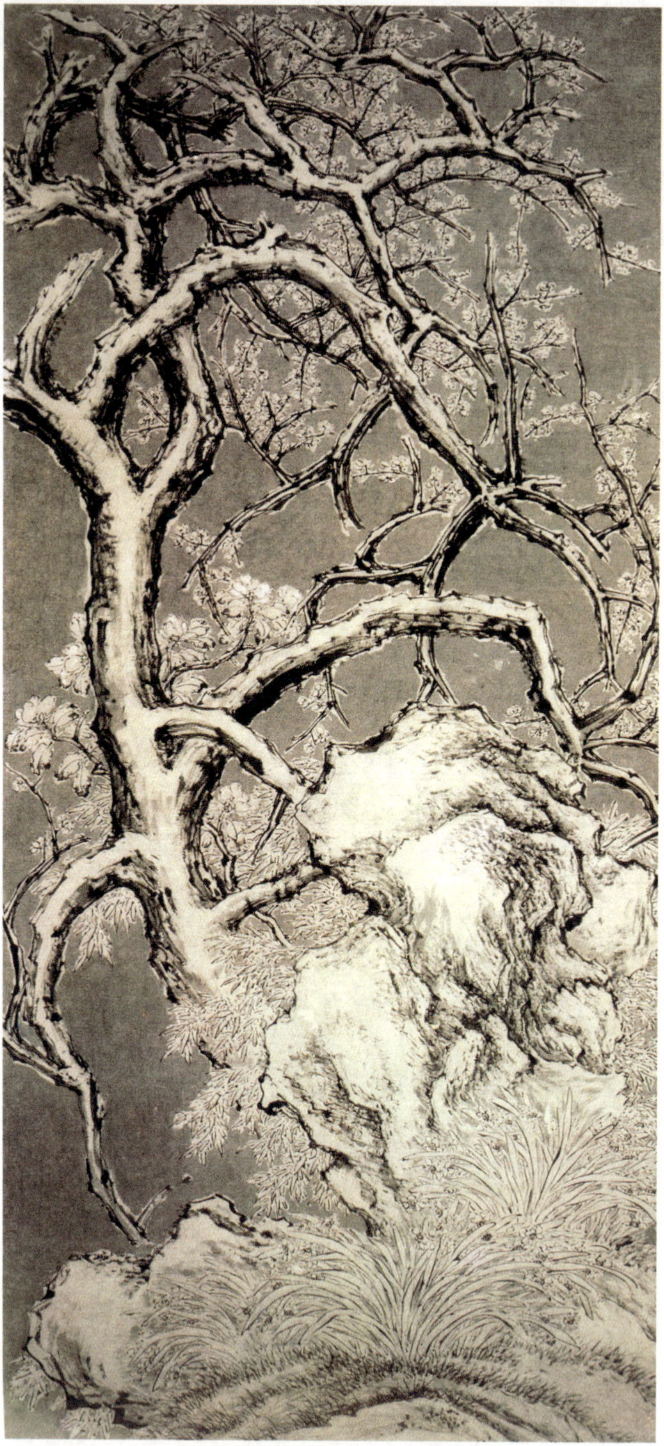

第四部分

微光还在记忆初

对于无情的时光,飞翔的往事,我们没有更好的态度,只有微笑地送走了。

过火

我们当然不敢相信有火神,我们会害怕,会无所适从,会畏惧受伤,但是人生的火一定要过,情感的火要过,欢乐与悲伤的火要过,沉淀与激情的火要过,成功与失败的火要过。

是冬天刚刚走过、春风蹑足敲门的时节。天空像晨荷的巨大叶片上那浑圆的露珠,晶莹而明亮,台风草和野姜花一路上微笑着跟我们打招呼。

妈妈一早就把我唤醒了,我们要去赶一场盛会。在这次妈祖的生日盛会里有一场"过火"的盛典。早在几天前我们就开始斋戒沐浴,妈妈常两手抚着我瘦弱的肩膀,幽幽地对爸爸说:"妈祖生时要带他去过火。"

"火是一定要过的。"爸爸坚决地说。他把锄头靠在门侧,挂起了斗笠,长长叹一口气;然后我们没有再说什么话,围聚起来吃着简单的晚餐。

从小,我就是个瘦小而忧郁的孩子,每天跋山涉水并没有使我的身体勇健,父母亲长期垦荒拓土的恒毅坚韧也丝毫没有遗传给我。

爸爸曾经为我做过种种努力。他希望我成为好猎人,每天叫我背着水壶跟他去打猎,我却常在见到山猪和野猴时吓得大哭,使得爸爸几度失去他的猎物。

然后爸爸就撑着双管猎枪紧紧搂抱着我,泪水濡湿了我的肩胛,他喃喃地说:"怎么会这样?怎么会生出这样的孩子……"

他又寄望我成为一个农夫,常携我到山里工作。我总是在烈日炙烤下昏倒在正需要开垦的田地里,也时常被草丛中蹿出的毒蛇吓得屁滚尿流。爸爸不得不放下锄头跑过来照顾我,醒来的那一刻我总是听到爸爸长长的悲伤的叹息。

我也天天暗下决心要做一个男子汉。慢慢地,我变得硬朗了些,爸妈也露出了欣慰的笑容,可是他们的努力和我的努力一起崩溃了,在我孪生的弟弟七岁那年死的时候。

眼见到和自己一模一样的弟弟死去,我竟也像死去了一半,失去了生存的勇气。我变成一个失魄的孩子,每天眉头深结,形销骨立,所有的医生都看遍了,所有的补药都吃尽了,换来的仍是叹息和眼泪。

然后爸爸妈妈想到了神明,想到神明就好像一切希望都来了。神明也没有医好我,他们又祈求十年一次的大过火仪式,可以让他们命在旦夕的儿子找到一闪生命的火光。

139

我强烈地缅怀着弟弟，他清俊的面容常在暗夜的油灯中清晰起来，他的脸像刀凿般深刻，连唇都有血一样的色泽。我们曾脐带相连地度过了许多快乐和凄苦的岁月。我念着他，不仅因为他是我兄弟，也是因为我们曾在生命血肉的最根源处紧紧纠结。

弟弟的样貌和我一模一样，个性却很不同。弟弟强韧、坚毅而果决，我却忧郁、畏缩而软弱。如果说爸爸妈妈是一间使我们温暖的屋宇，弟弟和我便是攀爬而上的两种植物——弟弟是充满霸气的万年青，我则是脆弱易折的牵牛。两者虽然交缠分不出面目，却是截然不同的——万年青永远盎然充满炽盛的绿意，牵牛则常开满忧郁的小花。

刚上一年级，弟弟在上学的途中常常背我涉水过河。当他在急湍的河水中苦涉时，我只能仰头看白云缓缓掠过。放学回家，我们要养鸡鸭，还要去割牧草，弟弟总是抢着做，把割来的牧草与我对分，免得我回家受到爸妈责备的目光。

弟弟也常为我的懦弱感到吃惊，每次他在学校里打架输了，总要咬牙狠狠地望着我。有一回，他和班上的同学打架，我只能缩在墙角怔怔地看着，最后弟弟打输了，跌坐在地上，嘴角淌着细细的血丝，无限怨恨地凝睇着他无用的哥哥。

我撑着去扶他，弟弟一把推开我，狂奔出教室。

那时已是深秋了，相思树的叶子黄了，灰白的野芒草在秋风中杂乱地飞舞着。弟弟拼命奔跑，像一只中枪惊惶而狂怒的白鼻心[①]，要借着狂跑吐尽心中的最后一口气。

[①]白鼻心：指"花面狸"，也即俗称"果子狸"。——编者注

"宏弟，宏弟！"我嘶开喉咙叫喊。

弟弟一口气奔到黑肚大溪，终于力尽了颓坐下来，缓缓地躺卧在溪旁。我的心凹凸如溪畔团团固住弟弟的乱石。

风吹得很急。

等我气喘吁吁地赶到，弟弟脸上已爬满了泪水，湿乎乎的，嘴边还凝结着暗褐色的血丝，肌肉紧紧地抽着，像是我们农田里用久了的帮浦。

我坐着，弟弟躺卧着。

夕阳斜着，把我们的影子投照在急速流去的溪中。

弟弟轻轻抽泣了很久，抬头望着白云万叠的天空，用低哑的声音问："哥，如果我快被打死了，你会不会帮助我？"

之后，我们紧紧抱在一起，放声痛哭，哭得天都黄昏了。听见溪水潺潺，我们才一言不发地走回家。

那是我和弟弟最后的一个秋天，第二年他便走了。

爸爸牵我左手，妈妈执我右手，在金光万道的晨曦中，我们终于出发了。一路上，远山巅顶的云彩千变万化，我们朝着阳光照来的方向走去，爸爸雄伟的身躯和妈妈细碎的步子伴随着我。

从山上到市镇要走两个小时的山路，要翻过一座山，涉过几条溪水。因为天早，一路上雀鸟都被我们的步声惊飞，偶尔还能看见刺竹林里松鼠忙碌地跳跃。我们没有说什么话，只是无声默默前行，一直走到黑肚大溪。

爸爸背我涉到水的对岸，突然站定，回头怅望迅疾流去的溪水，隔了一会儿，他说："弟弟已经死了，不要再想他。"

"爸爸今天带你去过火,就像刚刚我们蹚水过来一样,你只要走过火堆,一切都会好转。"

爸爸看到我茫然的眼神,勉强微笑说:"只不过是一个小小的火堆罢了。"

我们又开始赶路。我侧脸望着母亲手挽花布包袱的样子,她的眼睛里一片绿,映照出我们十几年垦拓出来的大地,两只眼睛水盈盈的。

我走得慢极了,心里只惦想着家里养的两只蓝雀仔。爸爸索性把我背在背上,愈走愈快,甚至把妈妈丢在远远的后头了。

穿过相思树林的时候,我看到远方小路尽头有一片花花的阳光。

一个火堆突然莫名地闪过我的脑际。

抵达小镇的时候,广场上已经聚集了黑压压的人头。这是小镇十年一次的做醮,沸腾的人声与笑语"嗡嗡"地响动着。我从架满肥猪的长列里走过。猪头张满了蹦起的线条,猪口里含着新鲜的金橙色的橘子,被刮开肚子的猪崽竟微笑着一般,怔怔地望着溢满欣喜的人群。

广场的左侧被清出一块光洁的空地,人们已经围聚在一起,看着空地上正猛烈燃烧的薪柴,爸爸告诉我那些木柴至少有四千斤。火舌高扬,冲上了湛蓝的天空,在"毕毕剥剥"的薪柴的裂声中,我仿佛听见人们心里狂热的呼喊。每个人的脸都被烘成了暖滋滋的红色。两个穿着整齐的人手拿丈长的竹竿正挑着火堆,挑一下,飞扬起一阵烟灰,火舌马上又追了上来。

一股刚猛的热气扑到我脸上，像要把我吞噬了。妈妈拉我到怀中，说："不要太靠近，会烫到。"正在这时，广场对角的戏台咚咚锵锵的响起了锣鼓，扮仙开始，好戏就要开锣了。

咚咚锵锵，咚咚锵……

火慢慢小了，剩下来的是一堆红通通的火炭，裂成大大小小一块块的，堆成一座火热的炭山。我想起爸爸要我走火堆，看热闹的心情好像一下子被水浇灭了。

"司公来了！司公来了！"人群里响起一阵呼喊。

壅塞的人群全望向相同的方向，只见一个身穿黑色道袍、头戴黑色道帽的人走来，深浓的黑袍上罩着一件猩红色的绸缎披肩，黑帽上还有一粒鲜红色的帽粒。

人群让开一条路。那个又高又瘦的红头道士踏着八卦步一摇一摆地走进来，脸像一张毫无表情的画像。

人们安静下来了。

我却为这霎时的静默与远处噪闹的锣鼓而微微颤抖。

红头道士做法事的另一边，一个赤裸着上身的人正颤颤地发抖，颤动的狂热使人群的焦点又转向他。爸爸牵我依过去，他说那是神的化身，叫作童乩。

童乩吐着哇哇不清的话语。他的身侧有一个金炉和一张桌子，桌上有笔墨和金纸。他摇得太快，使我的眼睛花乱了。他提起笔在金纸上乱画一通，有圈，有钩，有横，我看不出那是什么。爸爸领了一张，装在我的口袋里，说可以保佑我过火平安，平安装在我的口袋里便可以安心去过火了。

呜——呜——呜！呜！

远远望去，红头道士正在木炭堆边念咒语，烟雾使他成为一个诡异的立体。他左手持着牛角号，吹出低沉而令人震撼的声音，右手拿一条蛇头软鞭用力抽打在地上，发出"啪啪"的响声。鞭声夹着号角声，每个人都被震慑住了。

爸爸说，那是用来驱赶邪鬼的。

后来，道士又拿来一个装了清水的碗和盛满盐巴的篮子。他含了一口水，"噗"的一声喷在炭上。

嗤——

一阵水烟蒸腾起来。他口中喃喃着，然后把一篮盐巴遍撒在火堆上。三乘小轿在火堆旁绕圈子，有人拿长竹竿把火堆铺成一丈长、四尺宽的火毡，几个精壮的汉子用力拨开人群，口里高呼着："请闪开，过火就要开始了。"

三乘小轿越转越快，转得像飞轮一样。

妈妈紧紧抱我在怀中。

三乘小轿的轿夫齐声呼喝，顺序跃上火毡。"嗤"一声，我的心一阵紧缩。他们跨着大步很快从火毡上跑过去，着地的那一刻，所有的人都从梦般的静默里惊呼起来，一些好事的人跑过去看他们的脚。这时，轿夫笑了。

"火神来过了，火神来过了。"许多人忍不住狂呼跳叫。

红头道士依然在火堆旁念着神秘的像响自远天深处的不可知的咒语。

过火的乡人们都穿着一式的汗衫和短裤，露出黑而多毛的腿。

一排排的腿竟像冒着白烟，蒸腾着生命的热气。

那些腿都是落过田水的，都是在炙毒的太阳和阴诈的血蛭中慢慢长成的。生活的煎熬练就如火炭一般铸着他们——他们那样兴奋，竟有一点像去赶市集一样。谁面对炭火总是有些惊惶，可是老天有眼，他们相信这一双肉腿是可以过火的。十二月天冷酸酸的田水，和春天火炙炙的炭火并没有不同，一个是生活的历练，一个是生命的经验，都只不过是农人与天运搏斗的一个节目。

轿子，一乘乘地采取同样的步姿，炫耀似的走过火堆。

爸爸妈妈紧紧牵着我。每当"嗤——"的声音响起，我的心就像被铁爪抓紧一般，不能动弹。

司锣的人一阵紧过一阵地敲响锣鼓，轿夫一次又一次将他们赤裸的脚踝埋入红艳艳的火毡中。

随着乱蹦乱跳的锣鼓与脚踝，我的心也变得仓皇异常。想到自己要迈入火堆，我像是陷进了一个恐怖的海上噩梦，抓不到一块可以依归的浮木。

一张张红得诡谲的玄妙的脸闪到我的眼睛来。

我抓紧爸妈微微渗汗的手，想起了弟弟在天地的风景中永远消失的一幕。他的脸像被火烤焦的紫红色，头一偏，便魔呓也似的去了，床侧焚烧的冥纸耀动鬼影般的火光。

在火光的交叠中，我看到领过符的乡民一一迈步跨入火堆。

有步履沉重的，有矫捷的，还有仓皇跑过的。

我看到一位老人背着婴儿走进火堆，他青筋突起的腿脚毫不迟疑地迈进火中，使我想起庙顶上红绿交糅的庄严的画像。爸爸告诉我,那是他重病的小儿子,神明用火来医治他。

咚咚锵锵,咚咚锵!

远处的戏锣和近处的锣鼓声竟交缠不清了。

"阿玄,轮到你了。"妈妈用很细的声音说。

"我……我怕。"

"不要怕,火神来过了,不要怕。"

爸妈推着我就要往火堆上送。

我抬头望望他们,央求地说:"爸,妈,你们和我一起走。"

"不行。只有你领了符。"爸爸正色道。

锣声响着。

火光在我眼前和心头交错。

爸妈由不得我,硬把我架走到火堆的起点。

"我不要,我不要——"我大声号哭起来。

"走!走!"爸爸吼叫着。

我不要——

妈——

我跪了下来,紧紧抱住妈妈的腿,泪水使我什么都看不见了。

"没出息。我怎么会生出这种儿子,今天你不走,我就把你打死在火堆上。"爸爸的声音像夏天午后的西北雨雷,轰轰响着。

我抬头看,他脸上爬满泪水。

他重重地把我摔在地上,跑去抢起道坛上的蛇头软鞭,"啪"的一声抽在我身旁的地上,溅起一阵泥灰。"我打死你!我打死你!林姓的祖先作了什么孽,生出这样的孩子!我打死你,让你去和那个讨债的儿子做堆！"

我从来没有看过爸爸暴怒的面容，他的肌肉纠结着，头发扬散如一头巨狮。

"你疯了。"妈妈抢过去拦他，声音凄厉而哀伤。

红头道士、轿夫、人群都拥过来抓住爸爸正要飞来的鞭子。

锣也停了。

爸爸被四个人牢牢抓住，他不说话，虎目如电，穿刺我的全身。

四周是可怕的静寂。

我突然看见弟弟的脸在血红的火堆中燃烧，想起爸爸撑着猎枪掉泪的面影和他辛苦荷锄的身姿，我猛地站起，对爸爸大声说："我走，我走给你看。今天如果我不敢走这火堆，就不是你的囡仔！"

锣声缓缓响起。

几千只眼睛如炬一样注视着我。

我走上了火堆。

第一步跨上去，一道强烈的热流从我脚底蹿进，贯穿我的全身。

我的汗水和泪水全滴在火上，一声"嗤"，一阵烟。

我什么都看不见，仿佛陷进了一个神秘的围城，只听到远天深处传来弟弟轻声的耳语："走呀！走呀！"

那是一段很短的路，而我竟完全不知它的距离，不知它的尽处。相思林尽头的阳光亮起，脚下的火也浑然地忘了。

踩到地的那一刻，土地的冰凉使我大吃一惊。

"呼——"一声，全场的人都欢呼起来，爸爸妈妈早已等在这头，两个人抢抱着我，终于号啕地哭成一堆。打锣的人戏剧性地欢愉地敲着急速的锣鼓。

爸爸疯也似的紧抱我,像要勒断我的脊骨。

那一天,那过火的一天,我们快乐地流泪走回家。

到黑肚大溪,爸爸叫我独自涉水。

猛然间,我感到自己长大了。

童年过火的记忆像烙印一般影响了我整个生命的途程,日后我遇到人生的许多事都像过火一样,在起步之初,我们永远不知道能否安全抵达火毯的那一端。我们当然不敢相信有火神,我们会害怕,会无所适从,会畏惧受伤,但是人生的火一定要过,情感的火要过,欢乐与悲伤的火要过,沉淀与激情的火要过,成功与失败的火要过。

我们不能退缩,因为我们要单独去过火,即使亲如父母,也有无能为力的时候。

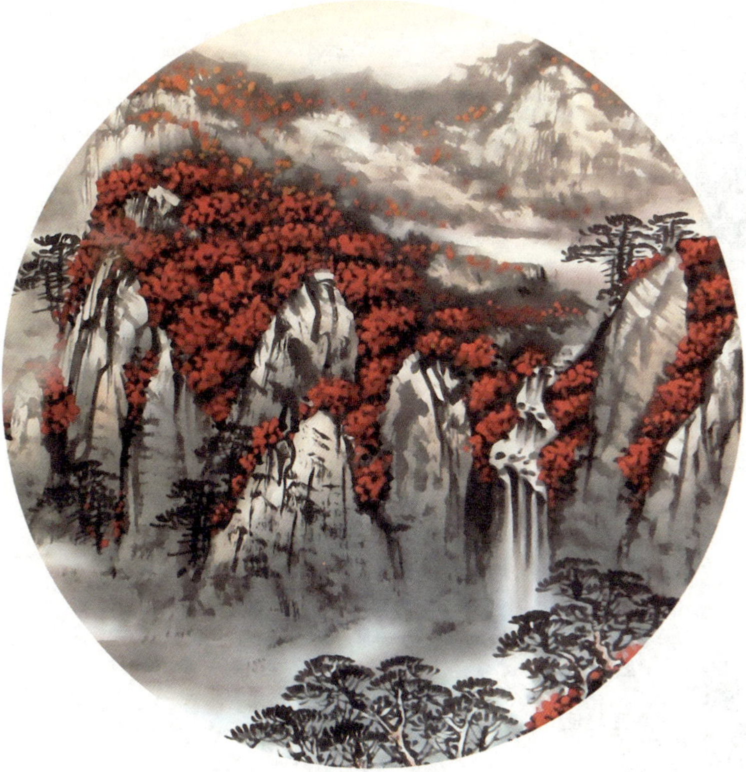

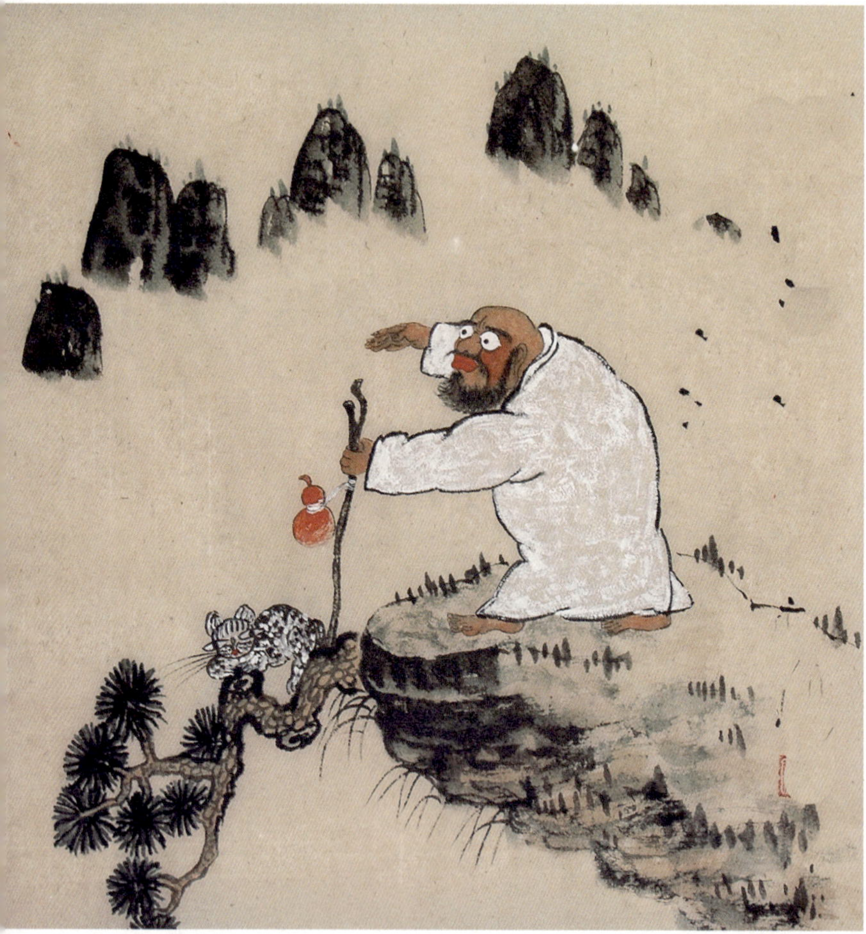

阅读故乡的一百个方法

故乡的美应该是可确定的，老辈的人常说"落叶归根"，那不是说回故乡度晚年等死的意思，而是莫忘本，每一片落叶都不忘记自己的本来之处。

故乡旗山一些热衷文化的朋友告诉我，他们正想尽各种办法要寻找有关故乡的老照片，将来在旗山小学的礼堂办一次大展览，并且最好可以出版成书，让镇民们都能看到百年来自己故乡的发展。

这个构想是由旗山地方报《蕉城月刊》主编江明树和"蕉城画会"的林峰吉、林慧卿提出的，动机有几个：一是台湾乡村长久以来人口流失严重，年轻人都向往着到都市讨生活，不知道自己的故乡其实是很美的，以旗山来说，至少可以找到一百个以上美不胜收的地方。二是文化历史的保存，旗山地区从清朝以来就很繁荣，留下了许多古迹，这些古迹在时代的改变中纷纷被拆除，我们应该把尚存的记录下来,把已毁坏的原貌展现给大家知道。

在闲聊中,我就提出一个建议,何不征求一百张老照片,然后在老照片的同一个地方、同一个角度,拍一张现在的彩色照片,加一些说明,这样可以加强它的社会性和经济性,看清楚一个小镇是如何变迁的。

心直口快的江明树就说:"那么,书名可以叫作《日落旗山镇》或《没落的旗山镇》了。"明树兄是非常热情的人,他时常为小镇的人才没落、文化凋零而感到郁卒。

林峰吉插嘴说:"那不行,咱凭良心讲,在某方面来说,旗山还是很不错的,并不一定只有旧的东西才好。像从前妈祖庙口都是摊贩和违章建筑,现在都拆干净了,多么棒,现在还是有比以前清爽的所在。"峰吉兄是"蕉城画会"的健将,美术系毕业,他多年来的志向就是要用笔表现旗山的美,在他笔下的故乡旗山优美无比,看了往往令人震动不已。

"峰吉兄这样讲也有理,"林慧卿说,"我们除了怀旧,也要展望,让大家知道我们旗山也是很有发展的。最好是旧照片也美,新照片也美。"慧卿兄是我初中的同学,他也是立志要画旗山的画家,不过,他的画风没有像峰吉那么甜美,而是非常纠结苦闷,与他本人的温文尔雅形成很强的对比,我在看他的画时,总感觉他在内心深处有一块不为人知的、敏感而忧郁的角落。

"你的意见怎么样?"他们问我。

我想,对于故乡,那是不可取代的,我们做这件事,一定要自己真正爱故乡,并且希望大家也都来爱自己的故乡。爱故乡是没有问题的，但是很多人不知道故乡美在何处，或只知道三五处。如果能找出一百处，那真的是太棒了。

我说："这本书应该叫作《阅读故乡的一百个方法》，或叫作《阅读旗山的一百个方法》，我们把一百个旗山最美的场景找出来，分头去找老照片，然后找旗山土生土长的摄影家从老照片的角度去拍一张，这样就会做出一本很有趣的书了。"

大家听了都很开心，表示同意，要立即着手去进行。这时，欧雪贞小姐来了，欧小姐是我旗山小学的学妹，现在定居在美国乡间，回来过暑假，听说大家有"大事商议"，特地来参加。

我们把刚刚的谈话转述了一次，如此如此，这般这般，请她表达一点意见。她说："如果比清洁、卫生、美丽、芳草鲜美，我们旗山是绝对比不上美国的乡间小镇的，但是每年一到放假，我就急着要回来，因为感情是不可取代的，并且每次回来，就看到故乡一些美好的事物，是以前所看不到的。"

故乡的美应该是可确定的，老辈的人常说"落叶归根"，那不是说回故乡度晚年等死的意思，而是莫忘本，每一片落叶都不忘记自己的本来之处。落叶犹且如此，树上的新芽当然更不应该忘了。

主意既定，去何处找老照片呢？大家七嘴八舌地说道，小学、中学、镇公所、地政事务所、糖厂、杉林管理处、邮局等，相信这些地方的资料室一定有许多老照片。然后，明树兄还表示要做地毯式的搜索，挨家挨户请大家提供老照片出来，等老照片完整，要拍新的照片就容易了。

正当我们热烈讨论的时候，突然听到有人高声叫我的名字，因为慧卿兄家的电话和门铃都坏了，出去开门，原来是大哥跑来找我，他满头大汗、气急败坏的样子使我们大吃一惊。

原来这时已经是半夜一点了，大哥的女儿和我的儿子相约出来找我回去，尚未回家，大哥的车子被我开走了，他只好从小路步行前来，才会满头大汗，他着急地说："有没有看到士琦和亮言？"

这下轮到我着急了，立刻把《阅读故乡的一百个方法》抛在脑后，和大哥开车满街找孩子，找到一点半才颓然而返，这时乡间显得分外宁静和清冷。

回家告诉妈妈孩子走失了。

妈妈虽然心焦，依然老神在在，说："他们都知道路，小孩子腿慢，再等一下就会回来了。"

果然，没过多久就听见敲门声，两个小朋友欢天喜地地回来了，说是乡间半夜的萤火虫好美，满田满树的。幸好有月光照着小路，他们才可以沿着月光走回家。那铁路旁高大的芒果树是黑夜的地标，使他们知道家的方向。

此时凌晨两点，我和哥哥都松了一口气，不过还是装模作样地叫两个孩子去罚跪，半夜十二点还跑出去，太没规矩了。

没多久，又听见他们的笑声，原来是被祖母解救了，怪不得儿子常说："阿嬷是我们的救命恩人。"

我坐在书桌前想把《阅读故乡的一百个方法》的企划写出来，现在可以说有一百零一个方法了，那就是在乡下，孩子走失了，不会像在城市那么担心。

故乡的水土

故乡的水土生养我们,使我们长成顶天立地的男儿,即使漂流万里,在寂寞的异国之夜,也能充满柔情与壮怀。

第一次出国,妈妈帮我整行李,在行李整得差不多的时候,她突然拿出一个透明的小瓶子,里面装着黑色的东西。

"把这个带在行李箱里,保佑旅行平安。"妈妈说。

"这是什么密件?"

妈妈说:"这是我们门口庭院抓的泥土和家里的水。你没听说旅行如果会生病,就是因为水土不服,带着一瓶水土,你走到哪里,哪里就是故乡,就不会水土不服了。"

妈妈还告诉我,这是我们闽南人的传统,祖先从唐山过台湾时,人人都带着一些故乡的泥土,一点随身携带,一点放在祖厅,一点撒在田里,因为故乡水土的保佑才使先人在蛮荒之地,垦出富庶之乡。

此后，我每次出门旅行，总会随身携带一瓶故乡的水土，有时候在客域的旅店，把那瓶水土拿出来端详，就觉得那灰黑色的水土非常美丽，充满了力量。

　　故乡的水土生养我们，使我们长成顶天立地的男儿，即使漂流万里，在寂寞的异国之夜，也能充满柔情与壮怀。

　　那一瓶水土中不仅有着故乡之爱，还有妈妈的祝福，这祝福绵长悠远，一直照护着我。

投给燃烧的感情

他画的树像地上冒出来的炽烈火焰,在大自然里燃烧;他的云、他的天、他的风、他的画笔都像在空中跳舞一样的波动着。

记得很早以前,读过一位记者访问海明威的文章,那位记者问:你觉得作为一个创作者的基本条件是什么?

海明威的回答很妙,他说:"不愉快的童年!"

我真正站在梵高的画前面时,这一段话像闪电一样汹涌进我的心头。梵高去世到今天已经九十二年,可是他的生命仿佛有一股奇异的热火,每次想起来都叫人心情震颤,好像他生命的火一直在我们身上燃烧,从来没有断过。

梵高是艺术史上我最敬佩的艺术家,他印在画册上的画我几乎都印在脑子里了,因此一到外国,我在逛美术馆的时候,总要特别仔细地看他的画。他不安的流动的线条,正如是海浪狂飙似地拍击着岩石,我想,即使有人是岩石一样的冷漠刚硬,也要被它的大力侵蚀,尤其这海浪还带着贫苦、挣扎、永不止息奋斗的盐分。

几乎每一个规模较大的现代美术馆都收藏了梵高的画作。我看他的画印象最深的有两次,一次是在纽约的大都会美术馆,一次是在华盛顿的国家美术馆。

在华盛顿国家美术馆的西馆一共有九十余间展览室,其中有两间展出梵高的画。我先在展览二十世纪现代艺术的东馆走了一上午,下午从西馆的中世纪绘画开始看起,看了四十几间展览室,整个人几乎要累得瘫痪了,因为新穿的雪地的靴子不合脚,脚底都磨出水泡,我坐在美术馆的长椅上几乎不能动弹了。拿起介绍小册随便看看,没想到就在我坐的展览室隔壁,便是印象派的展览室,我想到梵高,身体内马上被通电一般,升起一股渴望的心情,去看看梵高吧!

不久,我站在梵高的画前凝思,深深感叹着。不知道是什么力量,使这个艺术家在明亮的阳光下还显得那么不安地流动着,他画的原野像一片正涌动的大海,从很远的地方推来海浪;他画的树像地上冒出来的炽烈火焰,在大自然里燃烧;他的云、他的天、他的风、他的画笔都像在空中跳舞一样的波动着。这种有力的动感不是来自整幅画,而是每一笔每一小块颜料都有无限的动的姿态,让我们感觉到流动在大地间雄大的创造力。

我不禁看得痴了,深深想起年少时在孤灯下看《梵高传》时颤动的心情。

直到一个黑人管理员拍我的肩说:"先生,时间到了,美术馆要打烊了。"我才从梵高神秘的画境里苏醒过来,原来我已经在他的画前足足站了一个小时。我走出门外,华盛顿原来阳光普照的天气突然飘了一阵大雪,大地蒙上了一层光耀的银白,这一片银白的大地是多么沉静呀!可是在那最深的地方,伟大的心灵为大地所做的诠释仍在那里跳动。

另一次是在纽约的大都会美术馆,这里有一个著名的"印象馆",我选了一个人比较少的星期一,专门去看印象馆,印象馆的屋顶全是玻璃罩子,光线倾盆地泼下来。

在印象馆,所有印象派时期的大师们都在这里集合了,马奈、莫奈、雷诺阿、德加、塞尚、季拉、高更、罗德列克,无一不是闪射着光芒的巨星,当然怎么也不会没有梵高这位十九世纪最伟大的荷兰画家。

印象馆是方形的,人站在中间可以四边环顾,梵高展出的位置正好在高更和塞尚的中间。在那里有两幅画最令我感动。一是他著名的自画像,画家好像用生命的汁液注入自己的形象里,在一团火里燃烧;另一幅是黄花,每一朵花都扭动着,好像费了很大的力气才开放出来,充满了生命的喜悦,又仿佛生在盆子里有无限的委屈。

静静地仔细地看完梵高的画,我把自己的位置退到印象馆的中间,想要看看别人怎么欣赏梵高的画,当他们看时会有什么表情。然后我发现一个有趣的现象,每个人走到他的画前停驻的时间总是最长,尤其是走到他的自画像前显得特别庄重而安静,就如同面对着真正的梵高,听着他激动而热烈的言语。

我突然有一个怪异的想法,如果艺术家也可以投票,在印象馆里的得票数最高的一定是梵高。如果能投两位,那么一定是梵高最高,高更第二。

这并没有什么深刻的理由,最最重要的是,我们不是投给梵高,而是投给燃烧的感情一票。任何真正燃烧生命而发皇出来的艺术,必然都带有感人的因素。

其实,梵高作画的时间不长,他真正作画只有十年的时间,他早年的志愿是文学家或宗教家(为矿区的人们殉道)。十年的时间他的每一幅画都像有噼噼啪啪的裂帛之声,他燃烧,并且拉开胸膛,让人们看见他火热的心。我们走进梵高的世界,犹如一只饥饿的蜜蜂飞进了开放太多花朵的园子,我们迷惑了,是什么力量让人达到这种情感的无限呢?

在这个逐渐理性冷酷的世界,人总是抑制着自己的情感,像梵高这样的艺术家已经愈来愈少,因此,如果有一个对艺术家投票的机会,我想我会和众人一样,投给燃烧的感情一票。

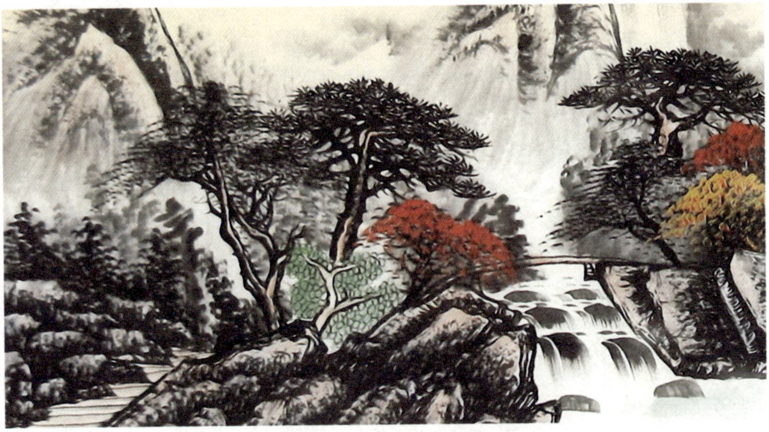

一滴水到海洋

假若说，人心的价值是一滴水，万物存在的价值是一片广大的海洋，那么唯有发现心里一滴水的人，才能体会海洋也是一滴水的汇集与映现。

保持内心如宝石一样的质量，比起为宝石定各种价钱要高明得多了。

一位弟子追随一位得道的师父。过了几天，他去请教师父："什么是人生的价值？"师父总是不告诉他，他愈发显得着急，一再地去求教。

有一天，师父被缠不过了，从房子里拿出一块石头，那石头看起来很大，也很美，师父说："你带这块石头到卖蔬菜的市场去卖，但是不要真的卖出去，只要试着卖，看看蔬菜市场的人可以出什么样的价钱。"

那个弟子真的带着石头到蔬菜市场去试卖。很多人围过来看，有的说："这么美的石头可以给孩子玩。"有的说："这么大的石头当秤锤刚刚好。"于是人们纷纷给石头出价,从两元到十元不等。

弟子带着石头回来见师父,说："在蔬菜市场,这个石头只能卖到十元的价钱。"

师父又说："现在你把这石头拿到黄金的市场去卖,但是不要真的卖出去,看看黄金市场的人可以出什么样的价钱。"

弟子照着吩咐去做了。当他从黄金市场回来的时候,很高兴地向师父报告:"在黄金市场,他们出的价钱很好,这石头可以卖到一千元。"

师父又说:"现在,你把这石头拿到珠宝店去,还是不要卖出去,只要看看珠宝店的人可以出到什么样的价钱。"

弟子拿石头到珠宝店去卖时,他简直无法相信,因为第一个人就出价五千元,由于他不卖,珠宝店的人竟一直加价,最后加到几十万元。弟子还是不肯卖,最后珠宝店的人说:"只要你肯卖,任你开个价吧!"弟子说:"我只是奉师父之命来试这个石头的价钱,不管出多高的价,我的石头都是不卖的。"弟子离开珠宝店的时候,他心想,黄金市场和珠宝店的人简直是疯狂,因为在他看来,一块石头能卖十元就够好了。

他回来向师父报告在珠宝店得到的开价,师父说:"一块石头的价值,是由了解的深浅而定的。如果一个人没有够好的眼睛,所有的石头,价值都不会超过十元,正像你在蔬菜市场遇到的那些人。你每天追着我问人生的价值,可是你的眼睛只停在蔬菜市场的层次，我给你一颗钻石，你也会以为只值十元。如果你成为珠宝商，认识真正的宝石，我给你的宝石才会成为无价。现在，你先不要向我要人生的宝石，先使你自己拥有珠宝商的眼睛，那时候你来找我，我就会教你人生的价值。"

这是苏菲修行者的故事，它有两个重要的寓意：

一是想要追求人生更高的奥秘，一定要在心灵上有所准备，要养成慧眼，这样才能承受真正的"道的宝石"，如果没有慧眼，最好的钻石摆在眼前也与石头无异。

二是万事万物并没有绝对的价值，而是缘于了解的深浅而显示价值的高低，唯有心灵的提升才能坚持出一种绝对的价值。有绝对价值的人，吃饭喝茶中都有深奥的境界，因为人生的奥义并不在那相对于分别的世界，而在绝对的性灵中。

不久前，我去参观一个奇石的展览，就想到苏菲的这个故事，那所谓的奇石全不假人工的雕琢，而是捡拾自深山、溪流、海边，个个都有奇特的风姿。它们的定价从数千到数十万都有，如果不是收藏奇石的那个圈子里的人，很难理解为什么一块石头可以卖到几十万。但是听说有很多是非卖品，即使那个圈子里的人愿意花几十万元买石头也买不到呀！

那些原在深山、海岸、溪畔的奇石，普通人根本就懒得去捡，所以发现而捡拾的人就可以说是慧眼独具了，他们的慧眼则是在对石头的爱与了解中产生的。当然也有人为了卖钱而捡石头，有一位奇石收藏家就告诉我："为了卖钱而捡石头的人，往往捡不到最好的石头。"

但是，不管是为爱而捡或为钱而捡，不管有什么样的定价，不管是在深山或在艺术馆的架上，一块石头的本质是不会改变的，在改变与波动着的只是我们的眼睛，我们的心。

石头存在的本身就饱含了价值，不因慧眼或俗眼而改变。其实，万物的本身都有不可替代、无法定价、深刻无比的价值，此所以"森罗万象许峥嵘"，此所以"翠竹皆是法身，黄花无非般若"，此所以"溪声尽是广长舌，山色无非清净身"……

保持内心如宝石一样的质量，比起为宝石定各种价钱要高明得多了。

从前，牛顿在苹果树下，被一个苹果打中而发现地心引力。这是多么伟大的发现，但是如果没有那个适时落下的苹果，可能要晚几百年才会被发现。所以，也许市场里一个苹果卖十元钱，可是一个苹果也可以是地心引力的引信，也可以是无价的。

有一个这样的笑话——

一个孩子读了牛顿发现地心引力的故事，就跑去坐在苹果树下，想自己说不定也可以发现什么大的道理。他坐在苹果树下胡思乱想，为什么苹果树这么高大，却长出这么小的苹果，而大西瓜却相反，长在小小的西瓜藤上？小苹果长在大树上，大西瓜却长在小小的藤上，这里面一定有什么伟大的道理吧？

正在苦思的时候，一个苹果"啪"一声落在他的头上，他突然欣喜若狂地发现了："还好是一个苹果，如果是大西瓜落下来，我还会有头在吗？原来大西瓜长在地上是有道理的，至少落下的时候不会有人受伤。苹果长在大树上是很好的，西瓜长在地上也是很好的，万物的存在都有它的道理。"

事物的价值源自于人心的价值，如果心的价值不被发现与确立，事物的价值也就得不到确立了。有一个朋友千里迢迢带回来大陆寺庙改建时拆下的砖送我，说是唐朝的砖。我左看右看，端详这块朋友口中"伟大而有历史的砖"，却总是看不出它的殊异之处。我想，如果把这块砖放在忠孝东路人群最多的地方，也不会有人捡拾，或者第二天就被清道夫丢进垃圾车里。这块毫不起眼、重达五公斤的砖块，以锦盒包装，被抱在怀中，飞山越海，到我的手上，只是因为在我们的心里先确立了，才会发现它的价值呀！

当一个人的心没有价值观与质量感时，当一个人的心只有垃圾时，所看见的世界也无非是垃圾！

在现代社会，真实的价值之所以被隐没，就是人心被隐没的结果。假若说，人心的价值是一滴水，万物存在的价值是一片广大的海洋，那么唯有发现心里一滴水的人，才能体会海洋也是一滴水的汇集与映现。轻视一滴水，就是轻视整个海洋，而能品味一滴水，也就能品尝海洋的真味了。

往事只能回味

对于无情的时光,飞翔的往事,我们没有更好的态度,只有微笑地送走了。

在乡下走过一家冰果室,突然从里面传来一个非常熟悉的声音:

春风又吹红了花蕊,
你已经也添了新岁,
你就要变心,
像时光难倒回,
我只有在梦里相依偎……

原来是一首老歌《往事只能回味》,是一位很甜美的歌星尤雅唱的。听到这首歌,我站在冰果室的门口呆住了,仿佛刹那间沦入了时光之河。

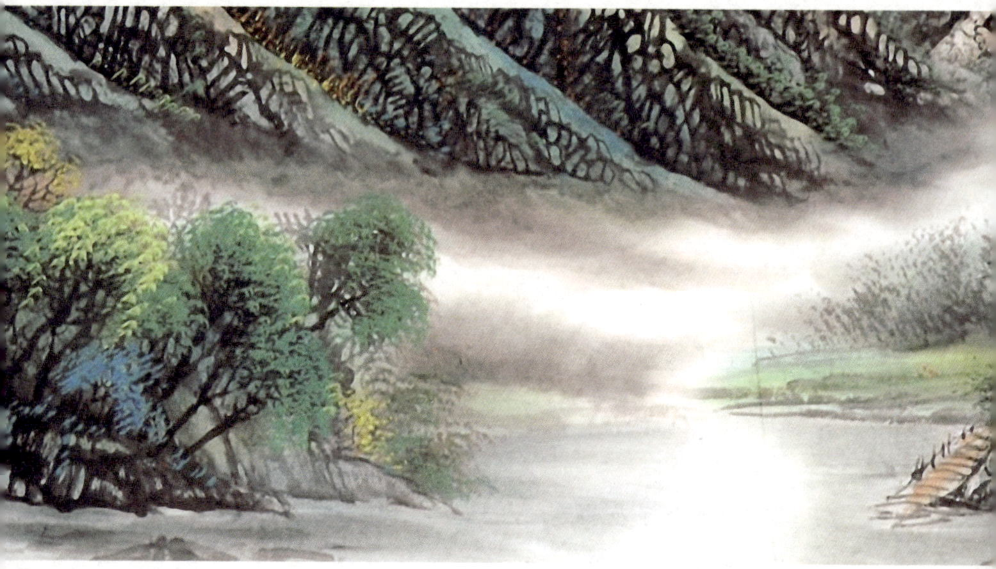

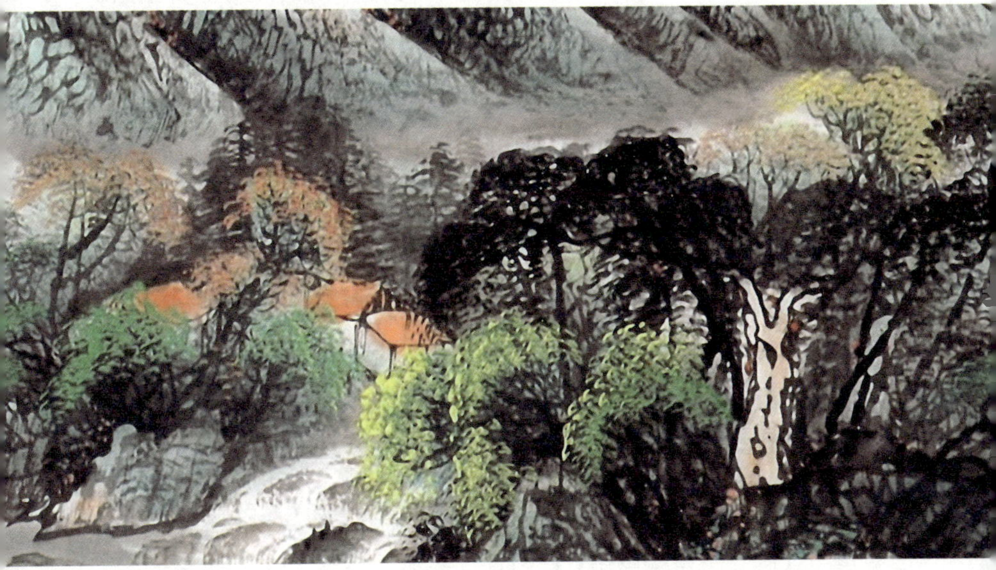

在我读高中的时候，《往事只能回味》是全台湾最流行的歌，我们的学校在台南郊区荒僻的野外，附近没有几户人家，只有零星的杂货铺、面店、冰果室做学生的生意。记得学校北边围墙外的冰果室，几乎是天一亮就开始播放《往事只能回味》，循环往复，永无休止，一直到吃中饭时才歇息，等到我们午睡方憩，又开始"往事只能回味"了。

　　冰果室的老板娘是典型的迟暮美人，脸上总涂着厚厚的脂粉，听说从前是在特种职业退下来的，声音早已沙哑，可是她很偏爱这首《往事只能回味》，刨冰时也唱，洗碗时也唱，而且日日持续不断，有一些爱开玩笑的同学就给她一个绰号叫"往事只能回味"，于是出门时便有了这样的语言："我要去往事只能回味那里吃冰。""噢！请回味帮我做一碗红豆冰，带回来。"

　　由于"往事只能回味"那样爱唱《往事只能回味》，使这首歌几乎成为我们学校的校歌，老师和同学没有不会唱的。那时正是兵荒马乱的高中三年级，有时唱起这首歌来真是百感交集，一点点欢欣，一点点感伤，以及许许多多的荒谬之感。记得第一次回去开高中同学会，有的人在读大学，有的人落榜了，情绪飘忽起伏，突然有一个同学说："我们一起来唱《往事只能回味》吧！"一时之间，情绪立刻统一，又回到少年一样，每个人的少年都有值得回味之处吧！

　　一年多前，遇到现在旅居香港的女同学，她颇感慨地说："唉！我们高中三年同学，在学校里竟没有说过一句话呀！"是的，我们的青春年华都葬送在读书考大学了，男女之间还有什么闲话呢？

我说:"你还记得'往事只能回味'吗?"她笑了:"记得,记得,记得她的歌和她的人。"虽然,我们高中三年未说过一句话,十几年没通音信,也好像立刻成了好友,只因为有过一段共同的往事。

想起这些,走出乡下的小店,自己轻轻地唱了起来:

> 时光一逝永不回,
> 往事只能回味,
> 忆童年时竹马青梅,
> 两小无猜日夜相随……

唱着唱着,感觉时光已流走好远,只剩下冰果店老板娘那姹紫嫣红的笑脸,记得她也爱唱另一首《微笑的送你走》,里面有这样的句子:"我只有这样微笑地送你走,把泪流在心头。"对于无情的时光,飞翔的往事,我们没有更好的态度,只有微笑地送走了。

鸳鸯香炉

坐在长廊尽处,纵使太阳和星月都冷了,群山草木都衰尽了,香炉的微光还在记忆的最初,在任何可见和不可知的角落,温暖地燃烧着。

一对瓷器做成的鸳鸯,一只朝东,一只向西,小巧灵动,仿佛刚刚在天涯的一角交会,各自轻轻拍着羽翼,错着身,从水面无声划过。

这一对鸳鸯关在南京东路一家宝石店中金光闪烁的橱窗一角,它鲜艳的色彩比珊瑚宝石翡翠还要灿亮,但是,由于它的游姿那样平和安静,竟仿若它和人间全然无涉,一直要往远方无止尽地游去。

再往内望去,宝石店里供着一个小小的神案,上书"天地君亲师"五个大字,晨香还未烧尽,烟香缭绕,我站在橱窗前不禁痴了,好像鸳鸯带领我,顺着烟香的纹路游到我童年的梦境里去。

记得我还未识字以前,祖厅神案上就摆了一对鸳鸯,是瓷器做成的檀香炉,终年氤氲着一缕香烟,在厅堂里绕来绕去,檀香的气味仿佛可以勾起人深沉平和的心胸世界,即使是一个小小孩儿也被吸引得意兴飘飞。我常和兄弟们在厅堂中嬉戏,每当我跑过香炉前,闻到檀香之气,总会不自觉地出了神,呆呆看那一缕轻淡不绝的香烟。

尤其是冬天,一缕直直飘上的烟,不仅是香,甚至也是温暖的象征。有时候一家人不说什么,夜里围坐在香炉前面,情感好像交融在炉中,并且烧出一股淡淡的香气了。它比神案上插香的炉子让我更深切感受到一种无名的温暖。

最喜欢夏日夜晚,我们围坐听老祖父说故事,祖父总是先慢条斯理地燃了那个鸳鸯香炉,然后坐在他的藤摇椅中,说起那些还流动血泪馨香的感人故事。我们倚在祖父膝前张开好奇的眼睛,倾听祖先依旧动人的足音响动,愈到星空夜静,香炉的烟就直直升到屋梁,绕着屋梁飘到庭前来,一丝一丝,萤火虫都被吸引来,香烟就像点着萤火虫尾部的光亮,一盏盏微弱的灯火四散飞升,点亮了满天的向往。

有时候是秋色萧瑟,空气中有一种透明的凉,秋叶正红,鸳鸯香炉的烟柔软得似蛇一样升起,烟用小小的手推开寒凉的秋夜,推出一扇温暖的天空。从萧疏的后院看去,几乎能看见那一对鸳鸯依偎着的身影。

那一对鸳鸯香炉的造型十分奇妙,雌雄的腹部连在一起,雄的稍前,雌的在后。雌鸳鸯是铁灰一样的褐色,翅膀是绀青色,腹部是白底有褐色的浓斑,像褐色的碎花开在严冬的冰雪之上,它圆形的小头颅微缩着，斜倚在雄鸳鸯的肩膀上。

雄鸳鸯和雌鸳鸯完全不同，它的头高高仰起，头上有冠，冠上是赤铜色的长毛，两边色彩斑斓的翅膀高高翘起，像一个两面夹着盾牌的武士。它的背部更是美丽，红的、绿的、黄的、白的、紫的全开在一处，仿佛春天里怒放的花园，它的红嘴是龙吐珠，黑眼是一朵黑色的玫瑰，腹部微芒的白点是满天星。

那一对相偎相依的鸳鸯，一起栖息在一片晶莹翠绿的大荷叶上。

鸳鸯香炉的腹部相通，背部各有一个小小的圆洞，当檀香的烟从它们背部冒出的时候，外表上看像是各自焚烧，事实上腹与腹间互相感应。我最常玩的一种游戏，就是在雄鸳鸯身上烧了檀香，然后把雄鸳鸯的背部盖起来，烟与香气就会从雌鸳鸯的背部升起；如果在雌鸳鸯的身上烧檀香，盖住背部，香烟则从雄鸳鸯的背上升起来；如果把两边都盖住，它们就像约好的一样，一瞬间，檀香就在腹中灭熄了。

倘若两边都不盖，只要点着一只，烟就会均匀地冒出，它们各升一缕烟，升到中途慢慢氤氲在一起，到屋顶时已经分不开了，交缠的烟在风中弯弯曲曲，如同合唱着一首有节奏的歌。

鸳鸯香炉的记忆，是我童年的最初，经过时间的洗涤愈久，形象愈是晶明，它几乎可以说是我对情感和艺术向往的最初。鸳鸯香炉不知道出于哪一位匠人之手，后来被祖父购得，它的颜色造型之美让我明白体会到中国民间艺术之美；虽是一个平凡的物件，却有一颗生动灵巧的匠人心灵在其中游动，使香炉经过百年都还是活的一般。民间艺术之美总是平凡中见真性，在平和的贞静里历百年还能给我们新的启示。

关于情感的向往，我曾问过祖父，为什么鸳鸯香炉要腹部相联？祖父说："鸳鸯没有单只的，鸳鸯是中国人对夫妻的形容。夫妻就像这对香炉，表面各自独立，腹中却有一点心意相通，这种相通，在点了火的时候最容易看出来。"

我家的鸳鸯香炉每日都有几次火焚的经历，每经一次燃烧，那一对鸳鸯就好像靠得更紧。我想，如果香炉在天际如烽火，火的悲壮也不足以命名它们殉情，因为它们的精神和象征立于无限的视野，永远不会畏怯，在火炼中，也永不消逝。比翼鸟飞久了，总会往不同的方向飞，连理枝老了，也只好在枝桠上无聊地对答。鸳鸯香炉不同，因为有火，它们不老。

稍稍长大后，我识字了，识字以后就无法抑制自己的想象力飞奔，常常从一个字一个词句中飞腾出来，去找新的意义。"鸳鸯香炉"四字就使我想象力飞奔，觉得用"鸳鸯"比喻夫妻真是再恰当不过，"鸳"的上面是"怨"，"鸯"的上面是"央"。

"怨"是又恨又叹的意思，有许多抱怨的时刻，有许多无可奈何的时刻，甚至也有很多苦痛无处诉的时刻。"央"是求的意思，是《诗经》中说的"和铃央央"的和声，是有求有报的意思，有许多互相需要的时刻，有许多互相依赖的时刻，甚至也有很多互相怜惜求爱的时刻。

夫妻生活是一个有颜色、有生息、有动静的世界，在我的认知里，夫妻的世界几乎没有无怨无忧幸福无边的例子，因此，要在"怨"与"央"间找到平衡,才能是永世不移的鸳鸯。鸳鸯香炉的腹部相通是一道伤口,夫妻的伤口几乎只有一种药,这药就是温柔,"怨"也温柔,"央"也温柔。

所有的夫妻都曾经拥抱过、热爱过、深情过,为什么有许多到最后分飞东西,或者郁郁以终呢?爱的诺言开花了,虽然不一定结果,但是每年都开了更多的花,用来唤醒刚坠入爱河的新芽,鸳鸯香炉是一种未名的爱,不用声名,千万种爱都升自胸腹中柔柔的一缕烟。把鸳鸯从水面上提升到情感的诠释,就像鸳鸯香炉虽然沉重,它的烟却总是往上飞升,或许能给我们一些新的启示吧!

至于"香炉",我感觉所有的夫妻最后都要迈入"共守一炉香"的境界,久了就不只是爱,而是亲情。任何婚姻的最后,热情总会消退,就像宗教的热诚最后会平淡到只剩下虔敬;最后的象征是"一炉香"的空阔平朗的生活中缓缓燃烧那升起的烟,我们逼近时可以体贴的感觉,我们站远了,还有温暖。

我曾在万华的小巷中看过一对看守寺庙的老夫妇,他们的工作很简单,就是在晨昏时上一炷香,以及打扫那一间被岁月剥蚀的小庙。我去的时候,他们总是无言,轻轻地动作,任阳光一寸一寸移到神案之前,等到他们工作完后,总是相携着手,慢慢左拐右弯地消失在小巷的尽头。

我曾在信义路附近的巷子口,看过一对捡破烂的中年夫妻,丈夫吃力地踩一辆三轮板车,口中还叫着收破烂特有的语言,妻子经过每家门口,把人们弃置的空罐酒瓶、残旧书报一一丢到板车上,到巷口时,妻子跳到板车后座,熟练安稳地坐着,露出做完工作欣慰的微笑,丈夫也突然吹起口哨来了。

我曾在通化街的小面摊上,仔细地观察一对卖牛肉面的少年夫妻;丈夫总是自信地在热腾腾的锅边下面条,妻子则一边招呼客人,一边清洁桌椅,一边还要蹲下腰来洗涤油污的碗碟。在卖面的空当,他们急急地共吃一碗面,妻子一径地把肉夹给丈夫,他们那样自若,那样无畏地生活着。我也曾在南澳乡的山中,看到一对刚做完香菇烘焙工作的山地夫妻,依偎地共坐在一块大石上,谈着今年的耕耘与收成,谈着生活里最细微的事,一任顽皮的孩童丢石头把他们身后的鸟雀惊飞而浑然不觉。

我更曾在嘉义县内一个大户人家的后院里,看到一位须发俱白的老先生,爬到一棵莲雾树上摘莲雾,他年迈的妻子围着兜站在莲雾树下接莲雾,他们的笑声那样年少,连围墙外都听得清明。他们不能说明什么,他们说明的是一炉燃烧了很久的香还有它的温暖,那香炉的烟虽弱,却有力量,它顺着岁月之流可以飘进任何一扇敞开的门窗。每当我看到这样的景象,总是站得远远的仔细"听",香炉的"烟声"传来,其中好像有瀑布奔流的响声,越过高山流过大河,在我的胸腹间奔湍。如果没有这些生活平凡的动作,恐怕也难以印证情爱可以长久吧!

童年的鸳鸯香炉,经过几次家族的搬迁,已经不知流落到什么地方,或者在另一个少年家里的神案上,再要找到一个同样的香炉恐怕永不可得,但是它的造型、色泽,以及在荷叶上栖息的姿势,却为时日久还是鲜锐无比。每当在情感挫折生活困顿之际,我总是循着时间的河流回到岁月深处去找那一盏鸳鸯香炉，它是情爱最美丽的一个鲜红落款，情爱画成一张重重叠叠交缠不清的水墨画，水墨最深的山中洒下一条清明的瀑布，瀑布流到无止尽的地方是香炉美丽明晰的章子。

鸳鸯香炉像暗夜中的一盏灯，使我童年对情感的认知乍见光明，在人世的幽晦中带来前进的力量，使我即使只在南京东路宝石店橱窗中，看到一对普通的鸳鸯瓷器都要怅然良久。就像坐在一个黑乎乎的房子里，第一盏点着的灯最明亮，最能感受明与暗的分野，后来即使有再多的灯，总不如第一盏那样，让我们长记不熄；坐在长廊尽处，纵使太阳和星月都冷了，群山草木都衰尽了，香炉的微光还在记忆的最初，在任何可见和不可知的角落，温暖地燃烧着。

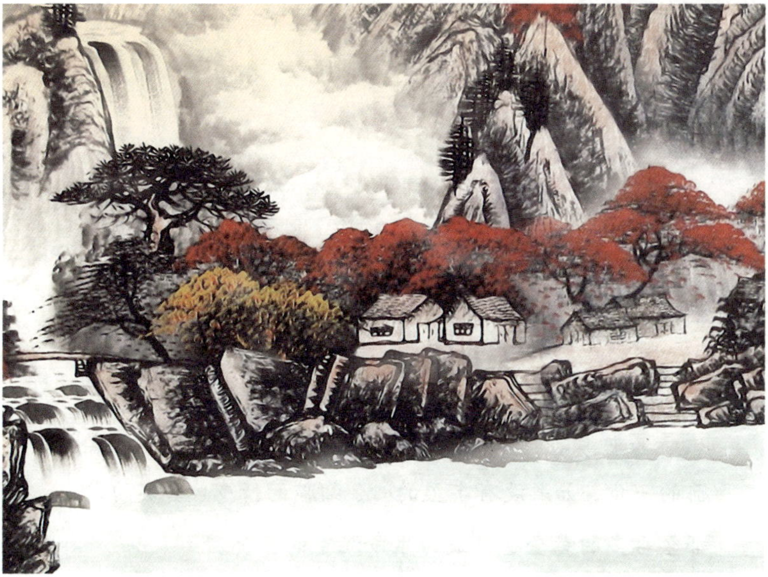

一步千金

重如千两的黄金是在生活的每一步里展现的,在眼前的一步,如果没有丰盈的心、细腻的情感、真实的爱,那么再多的黄金也只成为生命沉重的背负。

一个青年,二十岁的时候,就因为没有饭吃而饿死了。

他到了阎王爷的面前,阎王从生死簿上查出,这个青年应该有六十岁的年寿,他一生会有一千两黄金的福报,不应该这么年轻就饿死。

阎王心想:"会不会是财神把这笔钱贪污掉了呢?"于是他把财神叫过来质问。

财神说:"我看这个人命格里天生的文才不错,如果写文章一定会发达,所以把一千两黄金交给文曲星了。"

阎王又把文曲星叫来问。

文曲星说:"这个人虽然有文才,但是生性好动,恐怕不能在文章上发达，我看他武略也不错，如果走武行会较有前途，就把一千两黄金交给武曲星了。"

阎王再把武曲星叫来问。

武曲星说："这个人虽然文才武略都不错，却非常懒惰，我怕不论从文从武都不容易送给他一千两黄金，只好把黄金交给土地公了。"

阎王再把土地公叫来。

土地公说："这个人实在太懒了，我怕他拿不到黄金，所以把黄金埋在他父亲从前耕种的田地里，从家门口出来，如果挖一锄头就挖到黄金了。可惜，他的父亲死后，他从来没有挖过一锄头，就那样活活饿死了。"

最后，阎王判了"活该"，然后把一千两黄金缴库。

这是一个流传于民间的故事，里面含有非常深刻的寓意：一个人拥有再大的福报和文才武略，如果不肯踏实勤劳地生活，都是无用的。

同时还有另一个寓意是：对于肯去实践的人，每一步、每一锄头都值一千两黄金；如果不去实践，就是埋在最近之处的黄金也看不到啊！

其实，这是再简单不过的道理，从前农业社会的人很容易体会到，唯有实践才是唯一的真理，田里的农作物是通过不断耕耘实践才一点一滴长成的。空想，或者理论不管多好，都无助于一粒米的成长。

到了现代社会，由于社会的多元化，空想的人逐渐增多了，大家总是希望有什么空隙可以不劳而获，有什么方法可以一步登天，那些老老实实工作的人反而被看成傻瓜,只好继续安贫乐道了。

我认识许多在社会中老老实实过日子的人，他们既不知道股票为何物，也不懂得投资置产，时间久了，看到四周许许多多突然暴发的人，心里难免感到不平衡，由于不平衡，也就不安稳了。

例如，我们会听到某人一个晚上请一桌筵席就花了三十几万元。

例如，我们会听到某一个富豪请吃春酒，一请五百桌，数百万元一夜就请掉了。

例如，我们会听到某人包了一架飞机，请亲戚朋友到国外旅行，以炫耀自己的财力。

例如，我们会听到某人到酒店喝酒，放一叠千元大钞在桌上，凡是点烟的、送毛巾的、端盘子的，人人有份，一人赏一千元。

例如，我们会在报纸上看到，一些有钱的人吃完饭一起到赌场消遣，每个人身上都有几千万元。

在这个社会上,确实有许多人一夜的花天酒地所挥霍的金钱，正是那些勤劳工作的人一生所能赚到的总和。而可笑的是，那些腰缠万贯的富豪，缴的所得税可能还少过一个职员。

不过，也不必感到悲伤，因为在时间这一点上，是很公平的。花天酒地是一夜，冥想静思也是一夜。花数十万元过一夜，在时间上与听音乐过一夜是平等的，而在心性的快乐与精神的启发上，可能单纯平凡的日子更有益哩。使生命感受到丰盈的，不是欲望的扩张，而是心灵深处的触动；使生命焕发价值的，不是拥有多少财富，而是开发了多深的智慧；使人生充满意义的，不是对某一个目标的奔赴，而是每一步都得到心安与落实。

有钱是很好的，有心比有钱更好。

有黄金是很好的，情感有光芒比黄金更好。

有钻石是很好的，真实的爱比钻石更好。

重如千两的黄金是在生活的每一步里展现的，在眼前的一步，如果没有丰盈的心、细腻的情感、真实的爱，那么再多的黄金也只成为生命沉重的背负。

除了眼前这一步、当下这一念心，过去的繁华若梦，未来的渺如云烟，都是虚妄而不可把握的呀！

小千世界

对一个爱书的人，书的受损就像农人的田地被水淹没一样，那种心情不仅是物质的损失，而且也是岁月与心情的伤痕。

安迪台风来访时，我正在朋友的书斋闲谈，狂乱喧嚣的风雨声不时透窗而来，一盏细小的灯花烛火在风中微明微灭，但是屋外的风雨愈大，我愈感觉到朋友书房的幽静，并且微微透出书的香气。

我常想，在茫茫的大千世界里，每一个人都应该保有一个自己的小千世界，这小千世界是可以思考、神游、欢娱、忧伤甚至忏悔的地方，应该完全不受到干扰，如此，作为独立的人才有意义。因为有了小千世界，当大千世界风雨如晦、鸡鸣不已之际，我们可以用清明的心灵来观照；当举世狂欢、众乐成城之时，我们能够超然地自省；当在外界受到挫折时，回到这个心灵的城堡，我们可以在里面得到安慰；心灵的伤口复原，然后再一次比以前更好地出发。

这个"小千世界"最好的地方无疑是书房，因为大部分人的书房里都收藏了无数伟大的心灵，随时能来和我们会面，我们分享了那些光耀的创造，而我们的秘密还得以独享。我认为每个人居住过的地方都能表现他的性格，尤其是书房，因为书房是一个人最亲密的地点，也是一个人灵魂的写照。

我每天大概总有数个小时的时间在书房里，有时读书写作，大部分的时间是什么也不做，一个人静静地让想象力飞奔，有时想想一首背诵过的诗，有时回到童年家门前的小河流，有时品味着一位朋友自远地带来给我的一瓶好酒，有时透过纱窗望着遥远的点点星光想自己的前生，几乎到了无所不想的地步，那种感应仿佛在梦中一样。

有一次，我坐在书桌前，看到书房的字纸篓已经满了出来，有许多是我写坏了的稿纸，有的是我已经使用过的笔记，全被揉皱丢在字纸篓里，而我已经完全忘记了内容。我要去倒字纸篓的时候灵机一动，把那些我已经舍弃的纸一张张拿起来，铺平放在桌上，然后我便看见了自己一段生活的重现，有的甚至还记载着我心里最深处的一些秘密，让自己看了都要脸红的一些想法。

后来我体会到"敬惜字纸"的好处，丢掉了字纸篓，也改正了从前乱丢字纸的习惯。书房的字纸篓都藏有这么大的玄机，缘着书架而上的世界，可见有多么的海阔天空了。

安迪台风来访那一夜，我在朋友家聊天到深夜才回到家里，没想到我的书房里竟进了水,那些还夹着残破树叶的污水足足有半尺高,我书架最下层的书在一夜之间全部泡汤,一看到抢救不及,心里紧紧地冒上来一阵纠结的刺痛,马上想到一位长辈,远在加州的许芥昱教授,他的居处淹水,妻儿全跑出了屋外,他为了抢救地下室的书籍资料,迟迟不出,直到儿子在大门口一再催促,他才从屋里走来,就在这时,他连人带房子及刚抢救的书籍资料一起被冲下山去,尸体被发现在数十英里外的郊野。

许芥昱生前好友甚多,我在美国旅游的时候,听到郑愁予、郑清茂、白先勇、于崇信、金恒炜都谈过他死的情形,大家言下都不免有些怅然。一位名震国际的汉学家,诗书满腹,却为了抢救地下室的书籍资料而客死异域,也确要叫人长叹;但是我后来一想,假如许芥昱逃出了屋外,眼见自己的数十年心血、自己最钟爱的书房被洪水冲走,那么他的心情又是何等的哀伤呢?这样想时也就稍微能够释然。

我看到书房遭水淹的心情是十分哀伤的,因为在书架的最底层,是我少年时期阅读的一批书,它虽然随着岁月褪色了,大部分我也阅读得熟烂了,然而它们曾经伴随我度过年少的时光,有许多书一直到今天还深深地影响着我;不管我搬家到哪里,总是带着这批我少年时代的书,不忍丢弃,闲时翻阅也颇能使我追想到过去那一段意气风发的日子,对现在的我仍存在着激励自省的作用。

这些被水淹的书中,最早的一本是一九五八年大众书局出版吕津惠翻译的《少年维特的烦恼》,是我的大姐花五元钱买的,一个个看下来，如今传在我的手中，我是在初中一年级读这本书。

随手拾起一些湿淋淋的书，有史怀哲的《非洲手记》、英格玛·伯格曼的《野草莓》、安德烈·纪德的《刚果记行》、阿德勒的《自卑与生活》、叔本华的《爱与生的苦恼》、田纳西·威廉的《青春之鸟》、赫胥黎的《瞬息的烛火》、塞林格的《麦田里的守望者》、梅立克和普希金的小说以及艾斯本的遗稿，总共竟有五百余册的损失。

对一个爱书的人，书的受损就像农人的田地被水淹没一样，那种心情不仅是物质的损失，而且也是岁月与心情的伤痕。我蹲在书房里看劫后的书，突然想起年少时展读这些书册的情景，书原来也是有情的，我们可以随时在书店里购回同样内容的新书，但书的心情是永远也买不回来了。

"小千世界"是每个人"小小的大千"，种种的记录好像在心里烙下了血的刺青，是风雨也不能磨灭的；但是在风雨里把钟爱的书籍抛弃，我竟也有了黛玉葬花的心情，一朵花和一本书一样，它们有自己的心，只是作为俗人的我们，有时候不能体会罢了。

在微细的爱里

不能进入微细的爱里的人,不只是粗鄙,他也一定不能品味比较高层次的心灵之爱,他只能过着平凡单调的日子,而无法在生命中找到一些非凡之美。

苏东坡有一首五言诗,我非常喜欢:

钩帘归乳燕,
穴牖出痴蝇。
爱鼠常留饭,
怜蛾不点灯。

对才华盖世的苏东坡来说,这算是他最简单的诗,一点也不稀奇,但是读到这首诗时,却使我的心深深颤动,因为隐在这简单诗句背后的是一颗伟大细致的心灵。

钩着不敢放下的窗帘，是为了让乳燕能归来。看到冲撞窗户的愚痴的苍蝇，赶紧打开窗门让它出去吧！

担心家里的老鼠没有东西吃，时常为它们留一点饭菜。夜里不点灯，是爱惜飞蛾的生命呀！

诗人那个时代的生活我们已经不再有了，因为我们家里不再有乳燕、痴蝇、老鼠和飞蛾了，但是诗人的情境我们却能体会，他用一种非常微细的爱来观照万物，在他的眼里，看见了乳燕回巢的欢喜，看见了痴蝇被困的着急，看见了老鼠觅食的心情，也看见了飞蛾无知扑火的痛苦，这是多么动人的心境呢！我们有很多人，对施恩给我们的还不知感念，对于苦痛生活在我们身边的人吝于给予，甚至对于人间的欢喜悲辛一无所知，当然也不能体会其他众生的心情。比起这首诗，我们是多么粗鄙呀！

不能进入微细的爱里的人，不只是粗鄙，他也一定不能品味比较高层次的心灵之爱，他只能过着平凡单调的日子，而无法在生命中找到一些非凡之美。

我们如果光是对人有情爱、有关怀，不知道日落月升也有呼吸，不知道虫蚁鸟兽也有欢歌与哀伤，不知道云里风里也有远方的消息，不知道路边走过的每一只狗都有乞求或怒怨的眼神，甚至不知道无声里也有千言万语……那么我们就不能成为一个圆满的人。

我想起一首杜牧的诗，可以和苏轼这首诗相配，他这样写着：

已落双雕血尚新,
鸣鞭走马又翻身。
凭君莫射南来雁,
恐有家书寄远人。

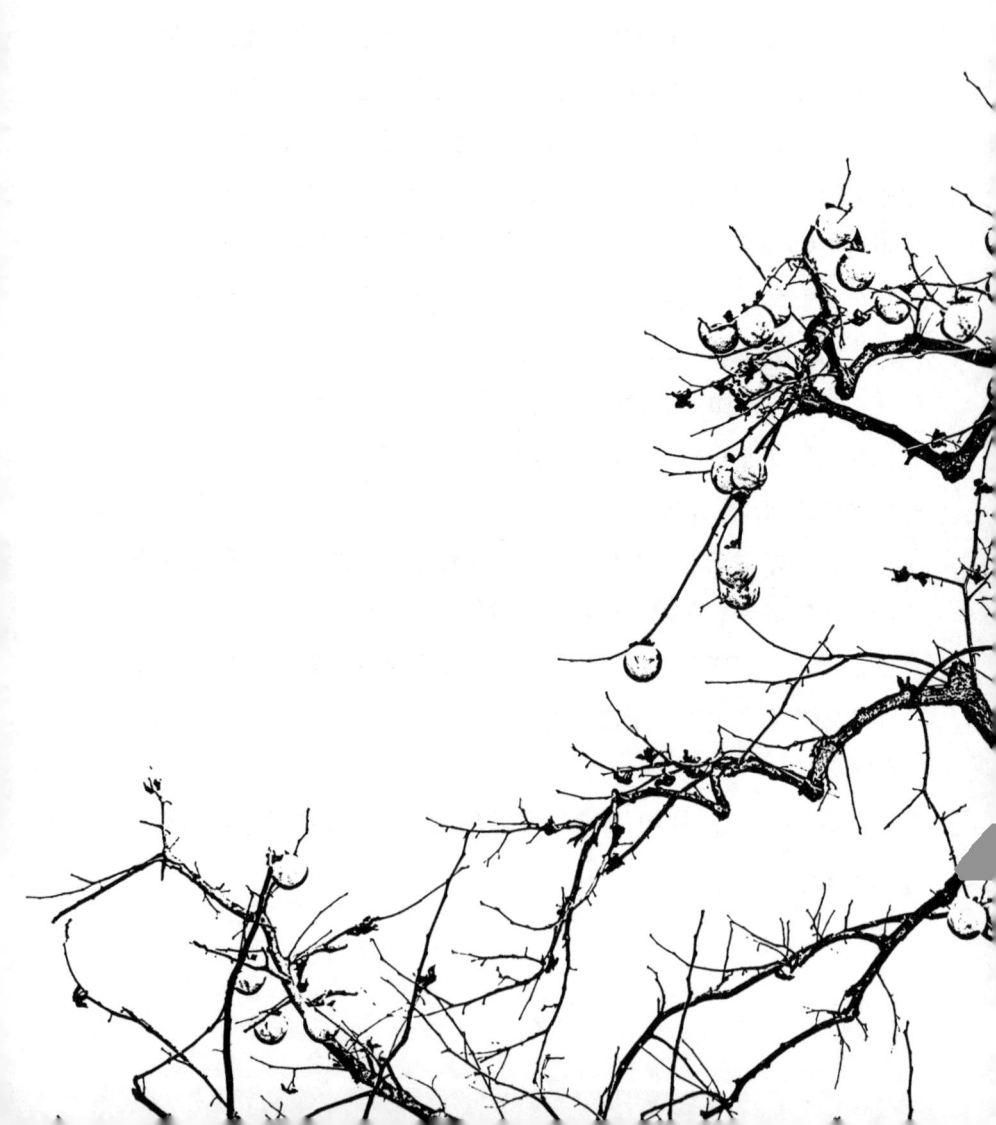

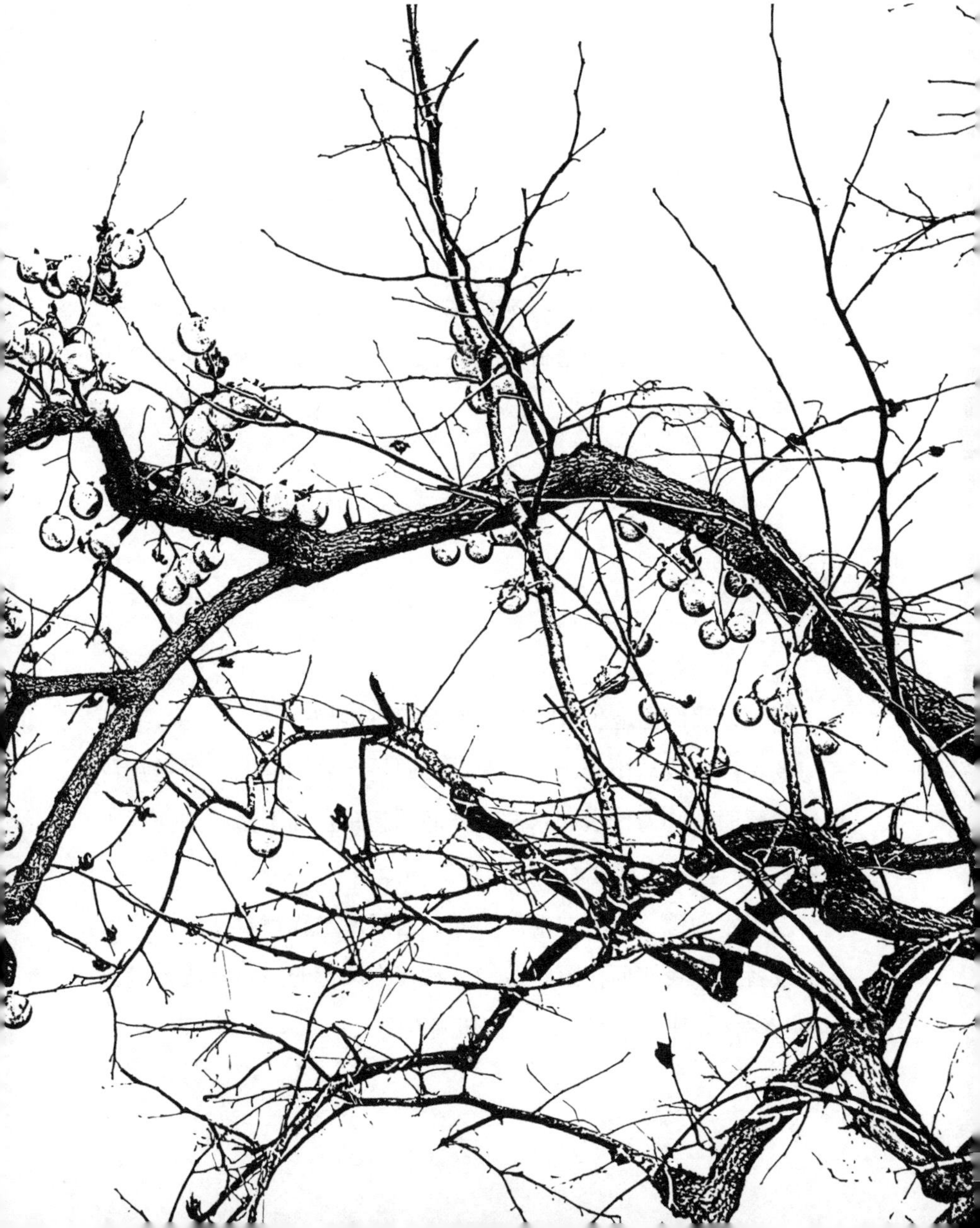

有情十二帖

在古董店，我们特别能感受时光的无情，以及生命的短暂，步出古董店时我觉得，即使在早春，也应珍惜正在流转的光阴。

前生

前生，我们也是在这样的溪水畔道别的吧！

要不然，我从山径一路走来，心原是十分平静的，可是我看见这条溪时，心为什么如水波一样涌动起来？周围清冽的空气，使我感到一种不知何处流来的可惊的寒冷。

以溪水为镜，我努力地想知道，这条溪与我有着什么样的因缘？或者是，我如何在溪的此岸，看着你渐远的身影？或者是，同在一岸，你往下游走去，而我却溯流而上？

我什么都照映不出来，因为溪水太激动了。

这已是春天了呀！草正绿着，花正盛开，阳光正暖，溪水为什么竟有清冷而空茫的感觉呢？

想是与久远的前生有着不可知的关系。

在春天的时候，临溪而立，特别能感觉到生命是一道溪流，不知从何流来，不知流向何处。

此刻的我，仿佛是，奔流的河溪中刚刚落下的，一片叶子。

流转

在十字路口的古董店临窗的角落，我坐在一张太师椅上，立刻就站起来，因为那张椅子上还留着别人坐过的温度。

从小我就不习惯坐别人坐过的热椅子，宁可站着等那椅子冷了，才落座。尤其是古董店的椅子，据说这张椅子是清朝的，那美丽的雕花让我知道这不是平民的椅子，它的第一个主人曾经是富有的人吧！

现在，那个富有的人，他的财富必然已经散尽了，他的身体一定也在时空中消亡了，留下这一组椅子，没有哭笑，在午后的阳光中静静的，几乎是睡着一般。

我在古董店转了一圈，好像与时空一起流转，唐朝的三彩马，明代的铜香炉，清朝的瓷器，民初的碗盘，有很多还完美如新。

有一张八仙彩，新得还像一个脸容贞静的妇女一针一针刺绣上去，针痕还在锦上，人却已经远去了，像空气，像轻轻的铜铃声。

在古董店，我们特别能感受时光的无情，以及生命的短暂，步出古董店时我觉得，即使在早春，也应珍惜正在流转的光阴。

山雨

看着你微笑着，无声，在茫茫的雨雾中从山下走来，你撑着的花伞，在每一格石阶一朵一朵开上来，三月道旁的杜鹃与你的伞一样有艳红的颜色。在春雨的绵绵里，我的忧伤，像雨里的乱草缠绵在一起，忧伤的雨就下在我的眼中。

眼看你就要到山顶，却在坡道转弯处隐去了，隐去如山中的风景，静默。雨，也无声。

山顶的凉亭里，有人在下棋，因为棋力相当，两个人静静地对坐着，偶尔传来一声"将军"，也在林间转了又转，才会消失。

我看着满天的雨，感觉这阵雨永远也不会停。

你果然没有到山顶上，转过坡道又下山了，我看着你的背影往山下走去，转一道弯就消失了，消失成雨中的山，空茫的山。

山雨不停，我心中忧伤的雨也一如山雨。

这阵雨永远也不会停了！看着满天的雨，我这样想着。

突然听到凉亭里传来一声高扬的：将军！

四月

  我最喜欢四月的阳光，四月的阳光不愠不火，透明温润有琉璃的质感。

  四月的阳光，使每一朵花都是水晶雕成，在风里唱着希望之歌，歌声五色仿佛彩虹。

  四月的阳光，使每一株草都是翡翠繁生，在土地写着明日之诗，诗章湛蓝一如海洋。

  在四月的阳光中，我们把冬寒的灰衣褪去，肤触着遥远天际传来的温热，使我想起童年时代，赤身奔跑过四月的田野，阳光就像母亲温暖的怀抱，然后我们跳入还留着去年冬寒的溪里游水。最后，我们带着全身琉璃的水珠躺在大石上，水一丝丝化入空中，我们就在溪边睡着了。

  在四月的阳光中，草原、树林、溪流、石头都是净土，至少对无忧的孩子是这样的。所以，不论什么宗教，都说我们应胸怀一如赤子，才能进入清净之地。

  四月还是四月，温暖的阳光犹在，可叹的是我们都不再是赤子了。

石狮

我们走过生命的原野时,要像狮子一样,步步雄健,一步留下一个脚印。

我们渡过生命河流之际,要像六牙香象,中流砥柱,截河而流,主宰自己生命的河流与方向。

我们行经生命的丛林小径,要像灰鹿之王,威严而柔和,雄壮而悲悯,使跟随我们的鹿都能平安温饱。

这些都是佛经的譬喻,是要我们期许自己像狮子一样威猛,像香象一样壮大,像鹿王一样温和庄严。当我们想起这几种动物,真有如自己站在高山顶上,俯视着莽莽的林木与茫茫的草原,也有那样的气派。

狮子是文殊师利菩萨的坐骑,白象是普贤菩萨的坐骑,都极有威势的护法,尤其是狮子更是普遍,连民间一般寺庙都是由狮子来护法的。

今天路过一座寺庙,看到门前的石狮子有不同的表情,几乎是微笑着的,然后我想起每座寺庙前的狮子,虽是石头雕成,每只的表情都有细微的不同。

即使是石狮子,也是有心,特别是在温馨的五月清晨的微风之中。

欢喜

黄山谷有一天去拜访晦堂禅师,问禅师说:"禅宗的奥义究竟是什么?"

晦堂禅师说:"《论语》上说:'二三子,以我为隐乎?吾无隐乎尔。'禅对你们也没有什么隐藏,这意思你懂吗?"

黄山谷说:"我不懂。"

然后,两人都沉默了。一起在山路上散步,当时,木樨花正开放,香味满山。

晦堂问:"你闻到香味了吗?"

"是,我闻到了!"黄山谷说。

"我像这木樨花香一样,没有隐瞒你呀!"禅师说。

黄山谷听了,像突然打开心眼一样开悟了。

是的,这世界从来没有隐瞒过我们,我们的耳朵听见河流的声音,我们的眼睛看到一朵花开放,我们的鼻子闻到花香,我们的舌头可以品茶,我们的皮肤可以感受阳光……在每一寸的时光中都有欢喜,在每个地方都有禅悦。

我曾在一个开满凤凰花的城市住了三年,今天看到一棵凤凰花开,好像唱着歌一样,使我的眼耳鼻舌身意都洋溢着少年时代的欢喜。

院子

　　农村里的秋天来得晚，但真正秋天来的时候都是写意的。

　　首先感觉到的是终于有黄昏的晚霞了，当河边的微风吹过，我们背着沉重的书包回家，站在家前院子往远山看去，太阳正好把半天染红；那云红得就像枫叶，仿佛一片一片就要落下来了。于是，我常常站在院子里就呆住了，一直到天边泼墨才惊醒过来。

　　然后，悬丝飘浮的、带着清冷的秋灯的、只照射自己的路的萤火虫，不知道是从河的对岸或树林深处来了，数目多得超乎想象，千盏万盏掠过院子，穿过弄堂，在草丛尖浮荡。有人说，萤火虫是点灯来找它前世的情缘，所以灯盏才会那么的凄清闪烁，动人肝肺。

　　最后，是大人们扇着扇子，坐在竹椅上清喉咙："古早、古早、古早……"说着他们的父亲、祖父一直传说不断忠孝节义的故事，听着这些故事，使我觉得秋天真是温柔，温柔中流着情义的血。我们听故事的那个院子，听说还是曾祖父用石块亲手铺成的。

　　秋天枫红的云，凄凉的萤火，用传说铺成的院子如今在闪烁，可惜现在不是秋天，也找不到那个院子了。

有情

"花,到底是怎么开起的呢?"有一天,孩子突然问我。

我被这突来的问题问住了,我说:"是春天的关系吧。"

对我的答案,孩子并不满意,他说:"可是,有的花是在夏天开,有的是在冬天开呀!"

我说:"那么,你觉得怎样开起的呢?"

"花自己要开,就开了嘛!"孩子天真地笑着,"因为它的花苞太大,撑破了呀!"

说完孩子就跑走了。是呀!对于一朵花和对于宇宙一样,我们都充满了问号,因为我们不知它的力量与秩序是明确来自何处。

花的开放,是它自己的力量在因缘里的自然展现,它蓄积自己的力量,使自己饱满,然后爆破,有如阳光在清晨穿破了乌云。

花开是一种有情,是一种内在生命的完成。这是多么亲切呀!使我想起,我们也应该蓄积、饱满、开放、永远追求自我的完成。

炉香

有一天,一位老太太问赵州从谂禅师:"怎样去极乐世界呢?"

赵州说:"大家都去极乐世界吧!我只愿永远留在苦海。"

我读到这里，心弦震动，久久不能自已，一个已经开悟的禅师，他不追求极乐，而希望自己留在与众生相同的地方，在苦海中生活，这是真实的伟大的慈悲。就好像在莲花池边，大家都赶来看莲花，经过时脚步杂乱，纸屑满地，而他只愿留下来打扫莲花池。

抬起头来，我看见案前的檀香炉，香烟袅袅，飘去不可知的远方，香气在室内盘绕不息。这烟气是不是也飘往极乐世界呢？可是如果没有香炉的承受，接受火炼，檀香的烟气也不可能飞到远方。

赵州正是要做那一个大香炉，用自己的燃烧之苦来点燃众生虔诚的极乐之向往。

我也愿做烧香的铜炉，而不要只做一缕香。

天空

我和一位朋友去参观一处数有年代的古迹，我们走进一座亭子，坐下来休息，才发现亭子屋顶上刻着许多繁复、细致、色彩艳丽的雕刻，是人称"藻井"的那种东西。

朋友说："古人为什么要把屋顶刻成这么复杂的样子？"

我说："是为了美感吧！"

朋友说不是这样的，因为人哪有那样多的时间整天抬头看屋顶呢！

"那么，是为了什么？"我感到疑惑。

"有钱人看见的天空是这个样子的呀！缤纷七彩，金银斑斓，与他们的珠宝箱一样。"这是我第一次听见的说法，眼中禁不住流出了问号，朋友补充说："至少，他们希望家里的天空是这样子，人的脑子塞满钱财就会觉得天空不应该只是蓝色，只有一种蓝色的天空，多无聊呀！"

朋友似笑非笑地看着藻井，又看着亭外的天空。

我也笑了。

当我们走出有藻井的凉亭时，感觉单纯的蓝天，是多么美！多么有气派！

"水因有月方知静，天为无云始觉高"，我突然想起这两句诗。

如水

曾经协助丰臣秀吉统一全日本的大将军黑田孝高，他善于用水作战，曾用水攻陷了久攻不下的高松城，因此在日本历史上有"如水"的别号，他曾写过"水五则"：

一、自己活动，并能推动别人的，是水。

二、经常探求自己的方向的，是水。

三、遇到障碍物时，能发挥百倍力量的，是水。

四、以自己的清洁洗净他人的污浊，有容清纳浊的宽大度量的，是水。

五、汪洋大海，能蒸发为云，变成雨、雪，或化而为雾，又或凝结成一面如晶莹明镜的冰，不论其变化如何，仍不失其本性的，也是水。

这"水五则"也就是"水的五德"，是值得参究的，我们每天要用很多的水，有没有想过水是什么？要怎样来做水的学习呢？

要学习水，我们要做能推动别人的，常探求自己方向的，以百倍力量通过障碍的，有容清纳浊度量的，永不失本性的人。

要学习水，先要如水一样清净、无碍才行。

茶味

我时常一个人坐着喝茶，同一泡茶，在第一泡时苦涩，第二泡甘香，第三泡浓沉，第四泡清冽，第五泡清淡，再好的茶，过了第五泡就失去味道了。

这泡茶的过程令我想起人生，青涩的年少，香醇的青春，沉重的中年，回香的壮年，以及愈走愈淡、逐渐失去人生之味的老年。

我也时常与人对饮，最好的对饮是什么话都不说，只是轻轻地品茶；次好的是三言两语，再次好的是五言八句，说着生活的近事；末好的是九嘴十舌，言不及义；最坏的是乱说一通，道别人是非。

与人对饮时常令我想起，生命的境界确实超越言句的，在有情的心灵中不需要说话，也可以互相印证。喝茶中有水深波静、流水喧喧、花红柳绿、众鸟喧哗、车水马龙种种境界。

我最喜欢的喝茶，是在寒风冷肃的冬季，夜深到众音沉默之际，独自在清静中品茗，杯小茶浓，一饮而尽，两手握着已空的杯子，还感觉到茶在杯中的热度，热，迅速地传到心底。

犹如人生苍凉历尽之后，中夜观心，看见，并且感觉，少年时沸腾的热血，仍在心口。

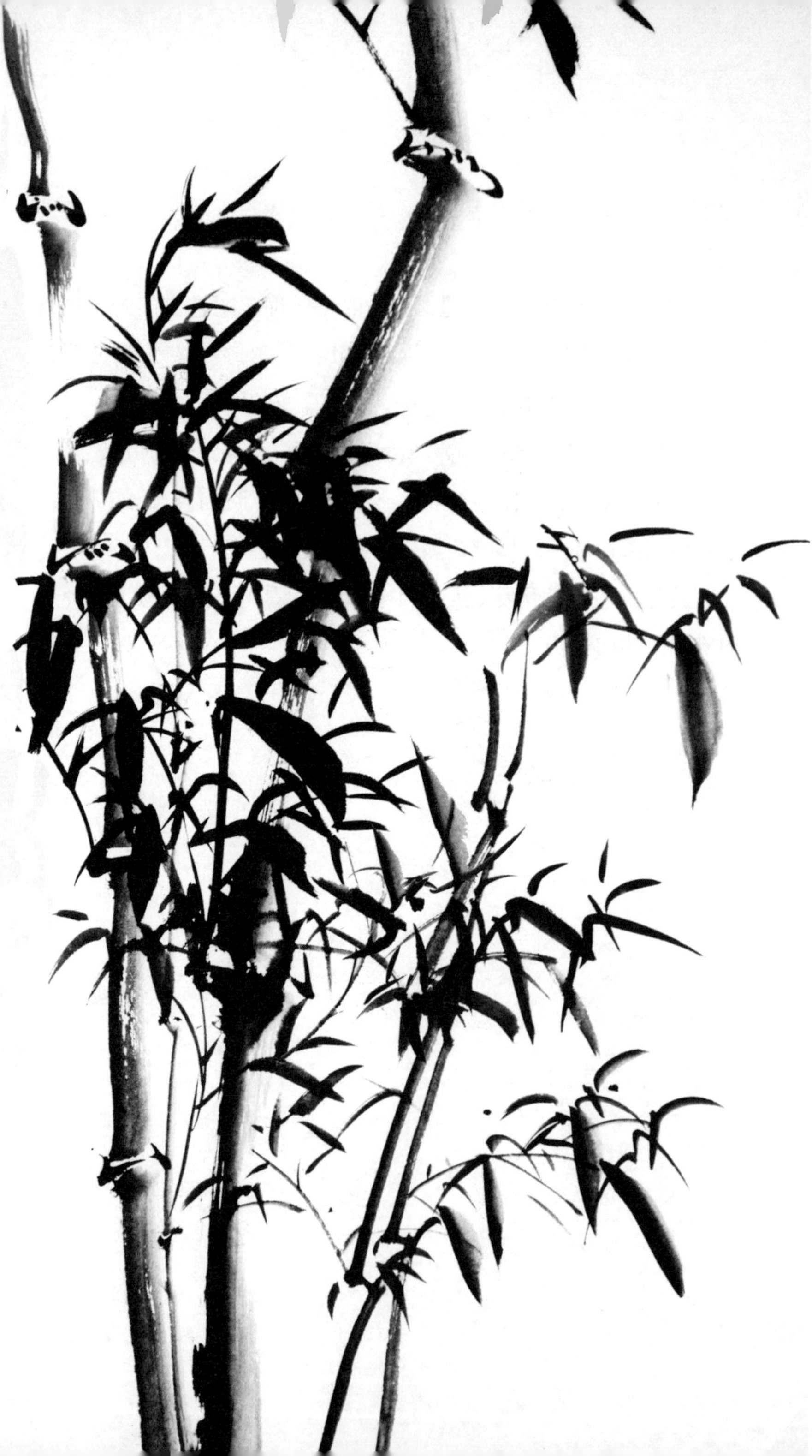

第五部分

一切如来欢喜

感同身受再大一些,是无缘大慈;感同身受再深刻一些,是同体大悲;能感同身受又能拔苦与乐,就是菩萨了。

慈眼欢喜

世间或美丽、或哀愁、或明澈、或流转的眼波固然动人，都不如菩萨的慈眼。世间能令我们欢喜的事物固然很多，却不能令众生都欢喜。

我喜欢弘一大师的字，常觉得他的书法脱离了"书"与"法"的范围，洗去了人间的匠气与烟火气，有一种天真纯朴的气息，是人格与生命的展现。

弘一大师的朋友叶绍钧说他的字是"蕴藉有味"，"就全幅看，许多字是互相亲和的，好比一堂谦恭温良的君子人，不亢不卑，和颜悦色，在那里从容论道。就一个字看，疏处不嫌其疏，密处不嫌其密，只觉得每一画都落在最适当的位置，移动一丝一毫不得。"真是说得好。除此之外，我觉得他的字有干净清雅的气质，就恍若他所重振的南山律宗一样。

我尤其喜欢他写的一副对联，右联写"慈眼"，左联写"欢喜"，下面有小字，各有《华严经》数语：

> 不于众生而起一念非亲友想，设有众生于菩萨所起怨害心，菩萨亦以慈眼视之，终无恚怒。
>
> 令众生欢喜者，则令一切如来欢喜，又偈云，我常随顺众生。

那"慈眼"两字十分温柔，"欢喜"两字又是非常喜乐，意在笔内境在墨外，让人看了都温柔喜乐起来。

再深入地看，"慈眼"与"欢喜"不正是菩萨行的重心吗？《金刚经》里有非常动人的两句："如来善护念诸菩萨，善咐嘱诸菩萨。"若从菩萨的角度看，可以说是："如来与菩萨善护念诸众生，善咐嘱诸众生。"这就是"慈眼"。有如父母亲含情看着自己的孩子，在过去与现在善于护念，对未来则充满期望与叮咛。

从前读到文殊师利菩萨十种无尽甚深大愿，非常感动，里面有两愿格外令人深思：

> 四者大愿，若有众生，轻慢于我，疑虑于我，枉压于我，诳妄于我，毁谤三宝，憎嫉贤良，欺凌一切，常生不善，共我有缘，令发菩提之心。
>
> 五者大愿，若有众生，贱我、薄我、惭我、愧我。敬重于我，不敬于我；妨我不妨我，用我不用我；取我不取我，求我不求我；要我不要我；从我不从我，见我

不见我，悉愿共我有缘，令发菩提之心。

菩萨的慈眼正是如此，超越了一切分别与执着，纵使那些对我特别坏的众生，我都愿他与我有缘而发起菩提之心，坏的尚且如此，好的更不必说了。《华严经普贤行愿品》如是说："一切天龙八部、人、非人等，无足、二足、四足、多足；有色、无色、有想、无想、非有想、非无想，如是等类，我皆于彼随顺而转，种种承事、种种供养，如敬父母、如奉师长及阿罗汉乃至如来，等无有异。"足以说明菩萨的慈眼不是站在山头的俯视，而是平等的关怀与对待，超越了人我的见解。

光是慈眼还是不够的，还要拔苦与乐，令众生都能欢喜，《普贤行愿品》的一段美得像诗一般：

于诸病苦，为作良医。
于失道者，示其正路。
于暗夜中，为作光明。
于贫穷者，令其伏藏。
菩萨如是平等饶益一切众生。
何以故？
菩萨能随顺众生，则为随顺供养诸佛。
若于众生尊重承事，则为尊重承事如来。
若令众生欢喜者，则令一切如来欢喜。

弘一大师所写的"欢喜"就是典出于此，甚至于"愿令众生常得安乐，无诸病苦；欲行恶法，皆悉不成，所修善业，皆速成就；关闭一切诸恶趣门，开示人天涅槃正路。若诸众生因其积集诸恶业故，所感一切极重苦果，我皆代受，令彼众生悉得解脱，究竟成就无上菩提。"每次读佛菩萨所发的愿，常令我动容落泪。为了拯救众生而不惜百死千生、万劫辗转的菩萨们，他们重入生死的动机其实简单，正是"慈眼"；他们倒驾慈航的期待也简单，就是令众生"欢喜"。

世间或美丽、或哀愁、或明澈、或流转的眼波固然动人，都不如菩萨的慈眼。世间能令我们欢喜的事物固然很多，却不能令众生都欢喜。

世间最美丽的眼睛有如黑夜闪烁的明星；菩萨的慈眼则像日月照耀空中，而不住于空。

世界最细腻的欢喜有如含着雨露的玫瑰；菩萨使众生欢喜就像清净的莲花出水，而不着于水。

如果能理解菩萨的悲心与愿心，就会发现在每一朵飘过空中的云彩、每一滴落在山中的雨珠、每一株开在小径的野花、每一棵在野风中摇动的小草，乃至每一条流逝的江河、每一片萎落的花瓣、每一声黑夜中传来的呼声，都可以看到菩萨的慈眼和欢喜。

因为慈眼无所不在，所以欢喜无所不在。

因为众生无所不在，所以菩萨无所不在。

《小品般若经》说得多么好：

色无边故菩萨亦无边,受想行识无边故菩萨亦无边。

色无量故般若波罗蜜无量,受想行识无量故般若波罗蜜无量;缘无边故般若波罗蜜无边,众生无边故般若波罗蜜无边。

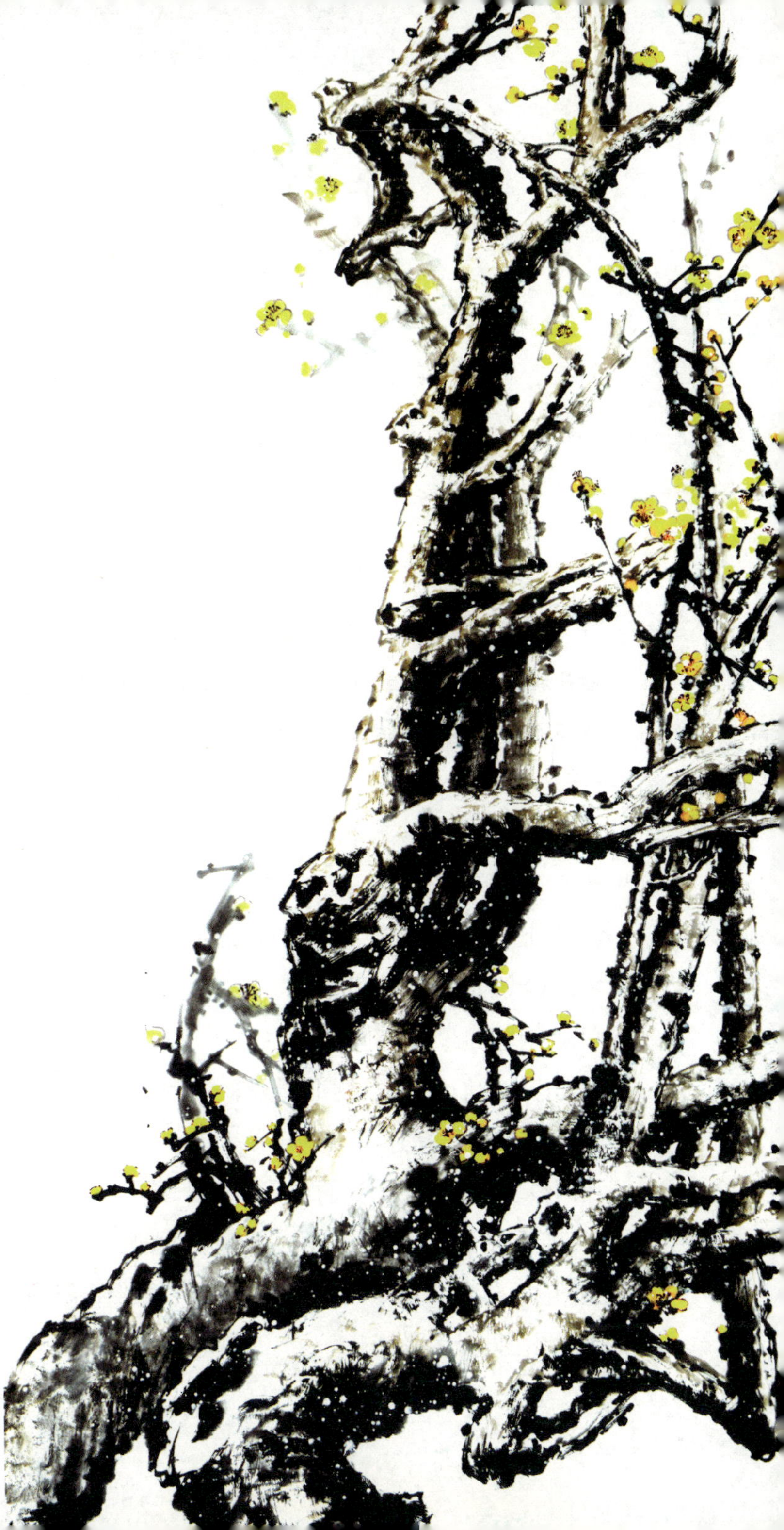

感同身受

亲爱的陌生人,秋天的时候,我们站在芦苇丛中是不是和芦苇一样感到秋风的凄凉?我们站在枫红层层里,是否也看见了我们被寒风冻红的双颊呢?

芦苇知道在秋天开出白茫茫的花是感同身受;
枫树知道在秋天展放红艳艳的叶是感同身受。
风,使我们凉,是感同身受;
雨,使我们湿,是感同身受;
阳光,使我们温暖,是感同身受;
涛声,使我们震动,是感同身受。
我们最亲的人病了,我们知道什么是感同身受;我们走过医院病房,听见陌生人的哀号,何尝不感同身受呢?
我们从无助的境况艰困地挣扎出来,当我们再看到无助者陷落,是不是感同身受呢?

我们在路旁看见被疾驰的车撞倒，奄奄喘息血流遍地的一只猫，令我们酸楚落泪，是不是感同身受呢？

感同身受再大一些，是无缘大慈；感同身受再深刻一些，是同体大悲；能感同身受又能拔苦与乐，就是菩萨了。

让我们闭起眼睛，观想世界众生在我的心地，然后张开眼睛，以虔诚的心来读一段《华严经》：

> 皆悉与我同行、同愿、同善根、同出离道、同清净解、同清净念、同清净趣、同无量觉、同得诸根、同广大心、同所行境、同理同义、同明了法、同净色相、同无量力、同最精进、同正法音、同随类音、同清净第一音、同赞无量清净功德、同清净业、同清净报。同大慈周普救护一切、同大悲周普成熟众生、同清净身业随缘集起、令见者欣悦。同清净口业随世语言宣布法化、同往诣一切诸佛众会道场、同往诣一切佛刹供养诸佛、同能现见一切法门、同住菩萨清净行地。

亲爱的陌生人，秋天的时候，我们站在芦苇丛中是不是和芦苇一样感到秋风的凄凉？我们站在枫红层层里，是否也看见了我们被寒风冻红的双颊呢？

那么，我们又何能冷漠地、孤傲地生活在人群里呢？

博爱与大悲

一个人要救世，没有别的方法，就是培养对众生的博爱，唯有真正博爱的人才能彻底地无我，唯有无我的人说到牺牲，才能真牺牲；说到救世，才能真救世。

"国父"孙中山先生的字写得工整朴厚，常常有人向他求字，他最常写给别人的字是"博爱"。如果写长一点的，他就写"礼连大同篇"。我们从这简单的事例中，可以知道在孙先生的内心深处，对博爱，乃至于由博爱而进入世界大同，是充满着期待的。他常说"自由、平等、博爱"，但为什么下笔的时候总写"博爱"，不写"自由平等"呢？

我想，孙先生写博爱可以从两方面来看。一方面是博爱比平等更难，因为自由平等是人人都会争的，是自利的，而博爱却是纯利他的，利他当然比自利难一些，所以须要鼓吹。一方面则是孙先生的革命是以博爱为出发点，是为了拯救百姓出苦而革命的，革命事业虽不免轰轰烈烈流血流汗,但他希望党人不要忘记革命的初衷——博爱。他的革命不是只要创建民国,也要革心,他生前常说"罪恶性,和一切不仁不义的事,都应革除"就是这个道理。他也常说:"人生以服务为目的。"

革除了一切不仁不义,剩下的就是仁义。"仁义"在本质上是很接近博爱的,韩愈在《原道》里就说:"博爱之谓仁,行而宜之谓义。"那么,孙先生所领导的革命军,可以说是仁义之师,而他所努力的革命事业,可以说是博爱的事业。

"博爱"虽然很像儒家的"仁",如果我们进一步地说,它和佛家所说的"大悲"更接近。因为,"仁"在感觉上有上下之分,是人站在高处来仁民爱物,博爱或大悲则是同体的,站在一个平等的位置,来爱惜、来护念、来付出对众生的又深又广的情感。大悲是佛家菩萨行中最重要的菩提之心,是最根本最伟大的同情,也是最高超最庄严的志向,用孙先生的话来说是"博爱",用菩萨的话来说就是"大悲"。我们今天回顾当时的革命事业,套用现代用语,那时候的革命党人可以说是"霹雳菩萨"。

革命党的霹雳菩萨是如何组成的呢?事实上,是孙先生深切知道在专制下,落后、贫穷的老百姓之苦,立下一个博爱的悲愿,希望把中国人从晚清日渐深陷的泥坑中解救出来,这种悲愿与菩萨体会一切有情众生的痛苦而济拔之,是没有什么不同的。世亲菩萨说:"菩萨见诸众生,无明造业,长夜受苦,舍离正法,迷于出路。为是等故,发大慈悲,志求阿耨多罗三藐三菩提,如救头然。一切众生有苦恼者,我当拔济,令无有余。"在《华严经》

里更进一步阐释一切的菩萨行都是枝干花叶,唯有大慈悲心才是根本。那么我们看孙先生的博爱,何尝不可以说一切的革命事业都是枝干花叶,唯有博爱才是标本呢?因为如果不是彻底地求博爱,就不会有那么多人抛头颅、洒热血,百折不回了。

事实上,民国以来的佛教界,也把孙中山先生当作是菩萨来尊崇的。孙先生是基督徒,但并不因而减损他慈爱的菩萨本质。在他生前有一桩和观音结缘的事迹鲜为人知,因为谈到了"博爱"与"大悲",使我想到这个故事。

1916年8月25日,孙先生率领党人胡汉民、郑家彦、朱卓文、周佩箴、陈去病等人,同游浙江普陀山,去往佛顶山的慧济寺时,孙先生独自看到许多僧侣双手合十欢迎他,并且有宝幡随风招展,还有一座伟丽的牌楼,令他看了惊奇不已。因为景象明晰持久,孙先生一直到进了慧济寺,才问同游的人有没有看见那奇异的景象,结果却无人看见。他后来把亲见的异相告诉方丈了余和尚,了余请他留个纪念,孙先生就在寺里写了一篇短文《游普陀志奇》,对于他到普陀山的经历有详细的记载,原文是这样子的:

  余因察看象山、舟山军港,顺道趣游普陀山。同行者为胡君汉民,郑君孟硕,周君佩箴,朱君卓文及浙江民政厅秘书陈君去病,所乘建康舰舰长则任君光宇也。抵普陀山,朝阳已斜,相率登岸,逢北京法源寺沙门道阶,引至普济寺小住,由寺主人了馀唤筒将出行,一路灵岩怪石,疏林平沙,若络绎迓送于道者,纡回升降者久之。

已登临佛顶山天灯台，凭高放览，独迟迟徘徊。已而旋赴慧济寺，才一遥瞩，奇观现矣！则见寺前恍矗立一伟丽之牌楼，仙葩组锦，宝幡舞风，而奇僧数十，窥厥状似乎来迎客者！殊讶其仪观之盛，备举之捷，转行转近益瞭然，见其中有一个大圆轮，盘旋极速，莫识其成以何质，运以何力。方感想间，忽杳然无迹，则已过其处矣。既入慧济寺，及询之同游者，均无所睹，遂诧以为奇不已。余脑藏中素无神异思想，竟不知是何灵境。然当环眺乎佛顶台时，俯仰间，大有宇宙在乎手之概。而空碧涛白，烟螺数点，觉生平所经，无似此清胜者。耳膺潮音，心涵海印，身境澄然如影，亦既形化而意消。呜呼！此神明之所以内通。已下佛顶山，经法雨寺，钟鼓铿鞳声中，急向梵音洞而驰。暮色沉沉，乃归至普济寺晚餐。了馀道阶，精宣佛理，与之谈，令人悠然意远矣。民国五年八月二十五日孙文志。

当时，随孙先生一起游普陀山的郑孟硕（又名家彦），也曾为文记述这段经过：

　　普陀山者，南海胜地也，山水清幽，草木茂盛，游其间盖飘然有逸世独立之想。至若蜃楼海市，圣灵物异，传闻不一而足，目睹者又言之凿凿。国父是日乘舆先行，次则汉民，又次则家彦、卓文、佩箴、去病，以及舰长任光宇。去观音堂（即佛顶山之慧济寺）里许，抵一丛林，国父忽瞥见若干僧侣，合十欢迎状，空中定幡，随风招展，隐然簇拥，尊神在后，国父凝眸注视，则一切空幻，了无迹象；国父甚惊异之，比至观音堂，国父依次问随行者曰："君等倘亦见众僧集丛林中做道场乎？其上定幡飘扬，酷似是堂所高悬者。"国父口讲指授，目炯炯然，顾盼不少辍。同人咸瞠目结舌，不知所对。少顷，汉民等相戒勿宣扬，恐贻口实。嗣是遂亦毋敢轻议其事者。

孙先生亲笔写的《游普陀志奇》墨宝后来存于普济寺客堂，不久前圆寂的煮云法师在普陀山普济寺任知客时，就曾保管过这幅墨宝，后来又刻石于普陀寺庙的壁间，作为永久的纪念。只是不知道大陆岁月沧桑，孙先生的手迹还安在否？

普陀山是中国四大名山，相传是大慈大悲观世音菩萨的道场，孙先生去游山，菩萨亲来迎接，可见他们在精神和悲愿上有共通的地方，这共通就是"博爱"与"大悲"。

后来，孙先生曾说："佛教乃救世之仁，佛学是哲学之母。""宗教是造成民族，和维持民族之一种最雄大之自然力，人民不可无宗教思想。研究佛学可补科学之偏。"可见得，从"救世之仁"的观点，孙先生是最肯定佛教的，救世之仁不是别的，正是博爱！

一个人要救世，没有别的方法，就是培养对众生的博爱，唯有真正博爱的人才能彻底地无我，唯有无我的人说到牺牲，才能真牺牲；说到救世，才能真救世。因为无我的博爱，就能舍掉名利乃至身家性命，为救世的誓愿和利他的本怀奋斗到底。我们今天回思孙先生革命时的理想与抱负，许多仁人志士不惜性命的情景，就更能深刻感受到博爱的力量。

《华严经》中说："菩萨摩诃萨，入一切法平等性故，不于众生而起一念非亲友想。""但以菩萨大愿甲胄而自庄严，救护众生，互无退转。""菩萨如是爱苦毒时，转更精勤，不舍不避、不惊不怖、不退不怯，无有疲厌。何以故？如其所愿，决欲负荷一切众生令解脱故。"这就是大悲！也就是博爱！

在今天，自由、平等的理想都逐渐地在达成了，可是孙先生生前最常写的"博爱"呢？想起来是不是令我们十分惶恐？

"自由、平等、博爱"是法国大革命的目标，但作为孙中山先生的信徒，我宁可用菩萨的、中国的、更深刻的层次来看"博爱"。

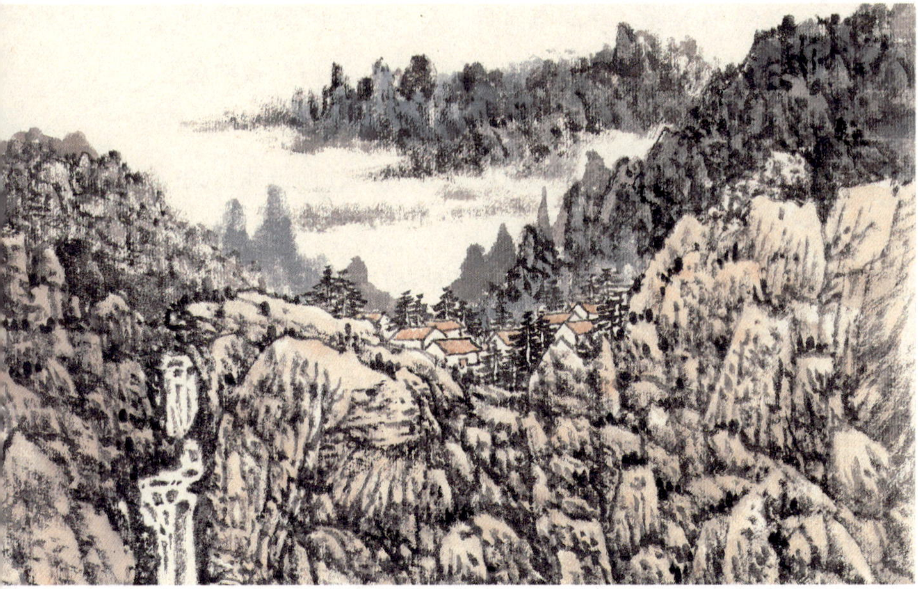

幸福的开关

> 生命的幸福原来不在于人的环境、人的地位、人所能享受的物质,而在于人的心灵如何与生活对应。

我小时候对汽水有一种特别奇妙的向往,原因不在汽水有什么好喝,而是由于喝不到汽水。我们家是有几十口人的大家族,小孩依次排行就有十八个之多,记忆里东西仿佛永远不够吃,更别说是喝汽水了。

喝汽水的机会有三种,一种是喜庆宴会,一种是过年的年夜饭,一种是庙会节庆。即使有汽水,也总是不够喝,到要喝汽水时好像进行一个隆重的仪式,十八个杯子在桌上排成一列,依序各倒半杯,几乎喝一口就光了,然后大家舔舔嘴唇,觉得汽水的滋味真是鲜美。

有一回,我走在街上的时候,看到一个孩子喝饱了汽水,站在屋檐下呕气,呕——长长的一声,我站在旁边简直看呆了,羡慕得要死掉，忍不住忧伤地自问："什么时候我才能喝汽水喝到饱？什么时候才能喝到呕气？"因为到读小学的时候，我还没有尝过喝汽水到呕气的滋味，心想，能喝汽水喝到把气呕出来，不知道是何等幸福的事。

当时家里还点油灯，灯油就是煤油，台语称作"臭油"或"番仔油"。有一次我的母亲把臭油装在空的汽水瓶里，放置在桌脚旁，我趁大人不注意，一个箭步就把汽水瓶拿起来往嘴里灌，当场两眼翻白，口吐白沫，经过医生的急救才活转过来。为了喝汽水而差一点丧命，后来成为家里的笑谈，却没有阻绝我对汽水的向往。

在小学三年级的时候，有一位堂兄快结婚了，我在他结婚的前一晚竟辗转反侧地失眠了，我躺在床上暗暗地发愿：明天一定要喝汽水喝到饱，至少喝到呕气。

第二天我一直在庭院前窥探，看汽水送来了没有，到上午九点多，看到杂货店的人送来几大箱的汽水，堆叠在一处。我飞也似的跑过去，提了两大瓶的墨松汽水，就往茅房跑去。彼时农村的厕所都盖在远离住屋的几十米之外，有一个大粪坛，几星期才清理一次，我们小孩子平时很恨进茅房的，卫生问题通常是就地解决；因为里面实在太臭了。但是那一天我计划好要在里面喝汽水，那是家里唯一隐秘的地方。

我把茅房的门反锁，接着打开两瓶汽水，然后以一种虔诚的心情把汽水咕嘟咕嘟往嘴里灌，一瓶汽水一会儿就喝光了。几乎一刻也不停地，我把第二瓶汽水灌进腹中。

我的肚子整个胀起来，我安静地坐在茅房地板上，等待着呕气，慢慢地，肚子有了动静，一股沛然莫之能御的气翻涌出来，呕——汽水的气从口鼻冒了出来，冒得我满眼都是泪水，我长长地叹了一口气："这个世界上再也没有比喝汽水喝到呕气更幸福的事了吧！"然后朝圣一般打开茅房的木栓，走出来，发现阳光是那么温暖明亮，好像从天上回到了人间。

在茅房喝汽水的时候，我忘记了茅房的臭味，忘记了人间烦恼，觉得自己是世上最幸福的人，一直到今天我还记得那天叹息的情景，当我重复地说："这个世界上再也没有比喝汽水喝到呕气更幸福的事了吧！"心里面百感交集，眼泪忍不住就要落下来。

贫困的岁月里，人也能感受到某些深刻的幸福，像我常记得添一碗热腾腾的白饭，浇一匙猪油、一匙酱油，坐在"户定"①前细细品味猪油拌饭的芳香，那每一粒米都充满了幸福的香气。

有时幸福来自于看到萝卜田里留下来作种的萝卜，开出一片灿烂的花。

有时幸福来自于家里的大狗突然生出一窝颜色不一样的毛茸茸的小狗。

生命的幸福原来不在于人的环境、人的地位、人所能享受的物质，而在于人的心灵如何与生活对应。因此，幸福不是由外在事物决定的，贫困者有贫困者的幸福，富有者有其幸福，位尊权贵者有其幸福，身份卑微者也自有其幸福。在生命里，人人都是有笑有泪；在生活中，人人都有幸福与忧伤，这是人间世界真实的相貌。

① 户定为闽南语，意为门槛。——编者注

迷路的云

夜色逐渐涌起,如茧一般的包围着那朵云,慢慢地,慢慢地,将云的白吞噬了,直到完全看不见了。他忧郁的觉得自己正是那朵云,因为迷路,连最后的抗争都被淹没。

一群云朵自海面那头飞起,缓缓从他头上飘过。他凝神注视,看那些云飞往山的凹口,他感觉着海上风的流向,判断那群云必会穿过凹口,飞向另一海面夕阳悬挂的位置。

于是,像平常一样,他斜躺在维多利亚山的山腰,等待着云的流动;偶尔也侧过头看努力升上山的铁轨缆车,叽叽喳喳地向山顶上开去。每次如此坐看缆车他总是感动着,这是一座多么美丽而有声息的山,沿着山势盖满色泽高雅的别墅,站在高处看,整个香港九龙海岸全入眼底,可以看到海浪翻滚而起的浪花,远远地,那浪花有点像记忆里河岸的蒲公英,随风一四散,就找不到踪迹。

　　记不得什么时候开始爱这样看云，下班以后，他常信步走到维多利亚山车站买了票，孤单地坐在右侧窗口的最后一个位置，随车升高。缆车道上山势多变，不知道下一刻会有什么样的视野。有时视野明朗了，以为下一站可以看得更远。下一站却被一株大树挡住了，有时又遇到一座数十层高的大厦横挡视线，由于那样多变的趣味，他才觉得自己幽邈的存在，并且感到存在的那种腾空的快感。

　　他很少坐到山顶，因为不习惯在山顶上那座名叫"太平阁"的大楼里吵闹的人声。通常在山腰就下了车，找一处僻静的所在，能抬眼望山、能放眼看海，还能看云看天空，看他居住了二十年的海岛，和小星星一样罗列在港九周边的小岛。

　　好天气的日子，可以远望到海边豪华的私人游艇靠岸，在港九渡轮的扑扑声中，仿佛能听到游艇上的人声与笑语。在近处，有时候英国富豪在宽大翠绿的庭院里大宴宾客，红粉与鬓影有如一谷蝴蝶在花园中飞舞，黑发的中国仆人端着鸡尾酒，穿黑色西服打黑色蝴蝶领结，忙碌穿梭找人送酒，在满谷有颜色的蝴蝶中，如黑夜的一只蛾，奔波地找着有灯的所在。

　　如果天阴，风吹得猛，他就抬头专注地看奔跑如海潮的云朵，一任思绪飞奔：云是夕阳与风的翅膀，云是闪着花蜜的白蛱蝶；云是秋天里白茶花的颜色；云是岁月里褪了颜色的衣袖；云是惆怅淡淡的影子，云是愈走愈遥远的橹声；云是……云有时候甚至是天空里写满的朵朵挽歌！

少年时候他就爱看云，那时候他家住在台湾新竹，冬天的风城，风速是很烈的，云比别的地方来得飞快。仿佛是赶着去赴远地的约会。放学的时候，他常捧着书坐在碧色的校园，看云看得痴了。那时他随父亲经过一长串逃难的岁月，惊魂甫定，连看云都会忧心起来，觉得年幼的自己是一朵平和的白云，由于强风的吹袭，竟自与别的云推挤求生，匆匆忙忙地跑着路，却又不知为何要那样奔跑。

更小的时候，他的家乡在杭州，但杭州几乎没有给他留下什么印象，只记得离开的前一天，母亲忙着为父亲缝着衣服的暗袋，以便装进一些金银细软，他坐在旁边，看母亲缝衣；本就沉默的母亲不知为何落了泪，他觉得无聊，就独自跑到院子，呆呆看天空的云，记得那一日的云是黄黄的琥珀色，有些老，也有点冰凉。

是因为云的印象吧！他读完大学便急急想出国，他是家族留下的唯一男子！父亲本来不同意他的远行，后来也同意了，那时留学好像是青年的必经之路。

出国前夕，父亲在灯下对他说："你出国也好，可以顺便打听你母亲的消息。"然后父子俩红着眼互相对望，一句话也说不出口。

他看到父亲高大微偻的背影转出房门，自己支着双颊，感觉到泪珠滚烫进出，流到下巴的时候却是凉了，冷冷地落在玻璃桌板上，四散流开。那一刻他才体会到父亲同意他出国的心情，原来还是惦记着留在杭州的母亲。父亲已不止一次忧伤地对他重复，离乡时曾向母亲允诺："我把那边安顿了就来接你。"他仿佛可以看见青年的父亲从船舱中,含泪注视着家乡在窗口里愈小愈远,他想,倚在窗口看浪的父亲,目光定是一朵一朵撞碎的浪花。那离开母亲的心情应是出国前夕与他面对时相同的情绪。

初到美国那几年,他确实想尽办法打听了母亲的消息,但印象并不明晰的故乡如同迷蒙的大海,完全得不到一点回音。他的学校在美国北部,每年冬季冰雪封冻,由于等待母亲的音讯,他觉得天气格外冷冽。他拿到学位那年夏天,在毕业典礼上看到各地赶来的同学家长,突然想起在新竹的父亲和在杭州的母亲,在晴碧的天空下,同学为他拍照时,险险冷得落下泪来,不知道为什么就绝望了与母亲重逢的念头。

也就在那一年,父亲遽然去世,他千里奔丧竟未能见到父亲的最后一面,只从父亲的遗物里找到一帧母亲年轻时代的相片。那时的母亲长相秀美,挽梳着乌云光泽的发髻,穿一袭几乎及地的旗袍,有一种旧中国的美。他原想把那帧照片放进父亲的坟里,最后还是将它收进自己的行囊,作为对母亲的一种纪念。

他寻找母亲的念头,因那帧相片又复活了。

美国经济不景气的那几年,他像一朵流浪的云一再被风追赶着转换工作,并且经过了一次失败而苍凉的婚姻,母亲的黑白旧照便成为他生命里唯一的慰藉。他的美国妻子离开他时说的话,"你从小没有母亲,根本不知道怎么和女人相处;你们这一代的中国人,一直过着荒谬的生活,根本不知道怎样去过一个人最基本的生活",常随着母亲的照片在黑夜的孤单里鞭笞着他。

他决定来香港,实在是一个偶然的选择,公司在香港正好有缺,加上他对寻找母亲还有着梦一样的向往,最重要的原因是:如果他也算是有故乡的人,在香港,两个故乡离他都很近了。

"文革"以后,透过朋友寻找,联络到他老家的亲戚,才知道母亲早在五年前就去世了。朋友带出来的母亲遗物里,有一帧他从未见过的,父亲青年时代着黑色西装的照片。考究的西装、自信的笑容,与他后来记忆中的父亲有着相当遥远的距离,那帧父亲的照影,和他像一个人的两个影子,是那般相似,父亲曾经有过那样飞扬的姿容,是他从未料到的。

他看着父亲青年时代有神采的照片,有如隔着迷蒙的毛玻璃,看着自己被翻版的脸,他不仅影印了父亲的形貌,也继承了父亲一生在岁月之舟里流浪的悲哀。那种悲哀,拍照时犹年轻的父亲是料不到的,也是他在中年以前还不能感受到的。

他决定到母亲的坟前祭拜。

火车愈近杭州,他愈是有一种逃开的冲动,因为他不知道在母亲的坟前,自己是不是承受得住。看着窗外飞去的景物是那样的陌生,灰色的人群也是影子一样,看不真切。下了杭州车站,月台上因随地吐痰而凝结成的斑痕,使他几乎找不到落脚的地方。这就是日夜梦着的自己的故乡吗?他靠在月台的柱子上冷得发抖,而那时正是杭州燠热的夏天正午。

他终于没有找到母亲的坟墓,因为"文革"时大多数人都是草草落葬,连个墓碑都没有,他只有跪在最可能埋葬母亲的坟地附近,再也按捺不住,仰天哭号起来,深深地感觉到作为人的无所归依的寂寞与凄凉,想到前妻丢下他时所说的话,这一代的中国人，不但没有机会过一个人最基本的生活，甚至连墓碑上的一个名字都找不到。

他没有立即离开故乡，甚至还依照旅游指南，去了西湖，去了岳王庙，去了灵隐寺、六和塔和雁荡山。那些在他记忆里不曾存在的地方，他却肯定在他年小的最初，父母亲曾牵手带他走过。

印象最深的是他到飞来峰看石刻，有一尊肥胖的笑得十分开心的弥勒佛，是刻于后周广顺年间的佛像，斜躺在巨大的石壁里，挺着肚皮笑了一千多年。那里有一副对联"泉自冷时冷起，峰从飞处飞来"，传说"飞来峰"原是天竺灵鹫山的小岭，不知何时从印度飞来杭州。他面对笑着的弥勒佛，痛苦地想起了父母亲的后半生。一座山峰都可以飞来飞去，人间的漂泊就格外地渺小起来。在那尊佛像前，他独自坐了一个下午，直到看不见天上的白云，斜阳在峰背隐去，才起身下山，在山阶间重重地跌了一跤，那一跤使得这些年他的腰间隐隐作痛，每想到一家人的离散沉埋，疼痛就从那跌落的一处迅速窜满他的全身。

香港平和的生活并没有使他的伤痕在时间里平息，他有时含泪听九龙开往广州最后一班火车的声音，有时鼻酸地想起他成长起来的新竹，两个故乡，使他知道香港是个无根之地，和他的身世一样找不到落脚的地方。他每天在地下电车里看着拥挤着涌向出口奔走的行人，好像自己就埋在五百万的人潮中，流着流着流着，不知道要流往何处——那个感觉还是看云，天空是潭，云是无向的舟，应风而动，有的朝左流动，有的向右奔跑，有的则在原来的地方画着圆弧。

即使坐在港九渡轮，他也习惯站在船头，吹着海面上的冷风，因为那平稳的渡轮上如果不保持清醒，也成为一座不能确定的浮舟，明明港九是这么近的距离，但父亲携他离乡时不也是坐着轮船的吗？港九的人已习惯了从这个渡口到那个渡口，但他经过乱离，总隐隐有一种恐惧，怕那渡轮突然在一个不知名的地方靠岸。

"香港仔"也是他爱去的地方，那里疲惫生活着的人使他感受到无比的真实，一长列重叠靠岸的白帆船，也总不知要航往何处。有一回，他坐着海洋公园的空中缆车，俯望海面远处的白帆船，白帆张扬如翅，竟使他有一种悲哀的幻觉，港九正像一艘靠在岸上，可以乘坐五百万人的帆船，随时要启航，而航向未定。

海洋公园里有几只表演的海豚是台湾澎湖来的，每次他坐在高高的看台欣赏海豚表演，就回到他年轻时代在澎湖服役的情形。他驻防的海边，时常有大量的海豚游过，一直是渔民财富的来源，他第一次从营房休假外出到海边散步，就遇到海岸上一长列横躺的海豚，那时潮水刚退，海豚尚未死亡。背后脖颈上的气孔一张一闭，吞吐着生命最后的泡沫。他感到海豚无比的美丽，它们有着光滑晶莹的皮肤，背部是蔚蓝色，像无风时的海洋；腹部几近纯白，如同海上溅起的浪花；有的怀了孕的海豚，腹部是晚霞一般含着粉红琥珀的颜色。

渔民告诉他，海豚是胆小聪明善良的动物，渔民用锣鼓在海上围打，追赶它们进入预置好的海湾，等到潮水退出海湾，它们便曝晒在滩上，等待着死亡。有那运气好的海豚，被外国海洋公园挑选去训练表演，大部分的海豚则在海边喘气，然后被宰割，贱价卖去市场。

他听完渔民的话,看着海边一百多条美丽的海豚,默默做着生命最后的呼吸,他忍不住蹲在海滩上将脸埋进双手,感觉到自己的泪,濡湿了绿色的军服,也落到海豚等待死亡的岸上。不只为海豚而哭,想到他正是海豚晚霞一般腹里的生命,一生出来就已经注定了开始的命运。

这些年来,父母相继过世,妻子离他远去,他不止一次想到死亡,最后救他的不是别的,正是他当军官时蹲在海边看海豚的那一幕,让他觉得活着虽然艰难,到底是可珍惜的。他逐渐体会到母亲目送他们离乡前夕的心情,在中国人的心灵深处,别离的活着甚至还胜过团聚的等待死亡的噩运。那些聪明有着思想的海豚何尝不是这样,希望自己的后代回到广阔的海洋呢?

他坐在海洋公园的看台上,每回都想起在海岸喘气的海豚,几乎看不见表演,几次都是海豚高高跃起时,被众人的掌声惊醒,身上全是冷汗。看台上笑着的香港人所看的是那些外国公园挑剩的海豚,那些空运走了的海豚,则好像在小小的海水表演池里接受着求生的训练,逐渐忘记那些在海岸喘息的同类,也逐渐失去它们曾经拥有的广大的海洋。

澎湖的云是他见过最美的云,在高高的晴空上,云不像别的地方松散飘浮,每一朵都紧紧凝结如一个握紧的拳头,而且它们几近纯白,没有一丝杂质。

香港的云也是美的,但美在松散零乱,没有一个重心,它们像海洋公园的海豚,因长期豢养而肥胖了。也许是海风的关系,香港云朵飞行的方向也不确定，常常右边的云横着来，而左边的云却直着走了。

　　毕竟他还是躺在维多利亚山看云，刚才他所注视的那一群云朵，正在通过山的凹处，一朵一朵有秩序地飞进去，不知道为什么跟在最后的一朵竟离开云群有些远了，等到所有的云都通过山凹，那一朵却完全偏开了航向，往岔路绕着山头，也许是黄昏海面起风的关系吧，那云愈离愈远向不知名的所在奔去。

　　这是他看云极少有的现象，那最后的一朵云为何独独不肯顺着前云飞行的方向，它是在抗争什么吧！或者它根本就仅仅是迷路的一朵云！顺风的云像是写好的一首流浪的歌曲，而迷路的那朵就像滑得太高或落得太低的一个音符，把整首稳定优美的旋律，带进一种深深孤独的错误里。

　　夜色逐渐涌起，如茧一般地包围着那朵云，慢慢地，慢慢地，将云的白吞噬了，直到完全看不见了。他忧郁地觉得自己正是那朵云，因为迷路，连最后的抗争都被淹没。

　　坐铁轨缆车下山时，港九遥远辉煌的灯火已经亮起在向他招手，由于车速，冷风从窗外搋着他的脸，他一抬头，看见一轮苍白的月亮，剪贴在墨黑的天空，在风里是那样的不真实，回过头，在最后一排靠右的车窗玻璃，他看见自己冰凉的流泪的侧影。

老兵之凋零

在这个巨变的时代,老兵实在是社会的"边缘人",他们蹉跎了青春,牺牲了幸福,却没有得到最好的对待。

外出度假,不到一个月的时间,发现大厦管理员换了三位,心里老是有个疑问:从前那三位亲切热情的长辈呢?每天进出大门的时候我总会想起来。

询问大楼管理处,才知道其中有一位过世了,一位生了病,还有一位回大陆老家定居了。听到这个消息,心情颇感沉重,因为这些管理员都是老兵退役的单身汉,平时住在大楼顶搭成的宿舍中,和住户像一家人一样。他们虽然年纪大了,做事却非常求好尽职,就如同他们还在军队里一样。每次我看见他们,也仿佛是从前服役时见到士官长,心里充满了真实的敬意。

他们当然不一定是士官长,其中有一位曾担任过宪兵少校,非常有威仪,行立坐卧都是笔挺的,即使是一般的访客也会对他肃然起敬。

但是，当我想到这些老兵，一个一个在时代中凋零，心里有很深的茫然之感，想到再过十几二十年后，老兵陆续老去，或者返乡定居，台湾的大厦、办公室、学校、工厂，可能再也找不到这么尽责的管理员，整个社会将为之改变，也不可能有如此廉价而任劳任怨的大门守卫了。

事实上，没有老兵守卫，大厦还是会有管理员。令人忧心忡忡的是一种时代精神的消逝吧！回想在我们成长的年代，从少年、青年，到中年，有很多老兵在我们的生命经历中扮演过重要的角色。

在台湾的老兵，大多数都还维持着中国的传统观念，为人忠谨、朴素、热诚、节俭。从他们的身上，正好反衬出这个时代的混乱、浮华、冷漠、败德。他们的凋零，会不会是传统道德的全面凋零呢？

我在成长的过程里，曾遇见过几位极可敬的老兵，一位是我父亲的老友，叫老谢，他非常乐于助人，几乎有求必应，时常步行数十公里去帮助别人。他整天笑嘻嘻的，好像人生有多开心，活得至情尽兴。那是我读初中的事。

我读高中的时候，遇到一位卞先生，是学校的图书馆管理员，是军官退役的，黝黑矮胖，时常恨不得学生能在图书馆读书。只要有爱读书的学生，他都非常疼惜，为我们选书，还送书到宿舍给我们。他的口头禅是："要多读书，才能救中国！"我养成读书的习惯，就是受了他的影响。

当兵的时候，连上有两位士官长，都是热情风趣的东北人。尤其是一位瞿士官长，十分斯文，熟悉中国北方的掌故，每天黄昏的时候都会在营房门口开讲。吃过晚饭,成群的兵围住他说:"士官长,再说点东西来听吧!"

他叼着一根烟,缓缓吐出烟雾,好像整个中国的传说都在他的胸膛里。

我每次听完他说的故事,心里都感动得不得了,想到有许多老兵都是这样优秀,如果不是生错了时代,他们一定会有更大的贡献呀!

生在这个时代的台湾人,在生命的记忆中,每个人应该都可以想起一些可敬、可爱、可亲的老兵吧!当然,或者也会遇见几位可憎、可悯、可厌的老兵,不过与前者相比实在是少数,如果有,也应会在时间的河流中得到宽谅。因为,在这个巨变的时代,老兵实在是社会的"边缘人",他们蹉跎了青春,牺牲了幸福,却没有得到最好的对待。

我想起麦克阿瑟的名言:"老兵不死,只是慢慢地凋零。"老兵的凋零,使得时间里某些可贵的事物也随之凋零了。

是不是让我们更珍视、更敬重那些在社会各角落里仅存的老兵呢?那些最安全的出租车司机、最尽责的大楼管理员、最无怨的学校工友,以及每日清晨用静默来维持城市洁净的清洁工……台湾四十年来的繁荣,不应该忘记他们。

也有许多更有成就的老兵,我们也要向他们致敬,他们曾走过泥泞,在艰苦中奋斗,如果时代不辜负他们,他们都必会有更大的功业。

如今老兵逐渐凋零了,但愿我们的时代,我们某些优秀的传统,不要随之凋零!

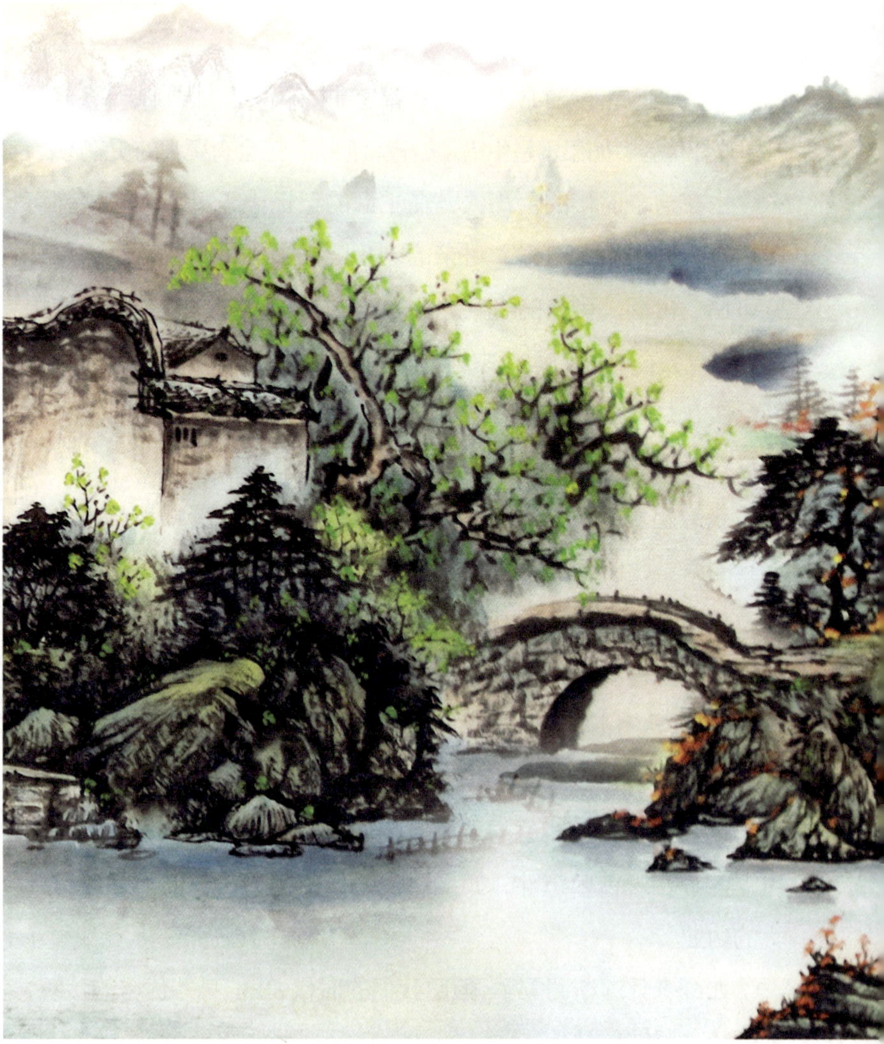

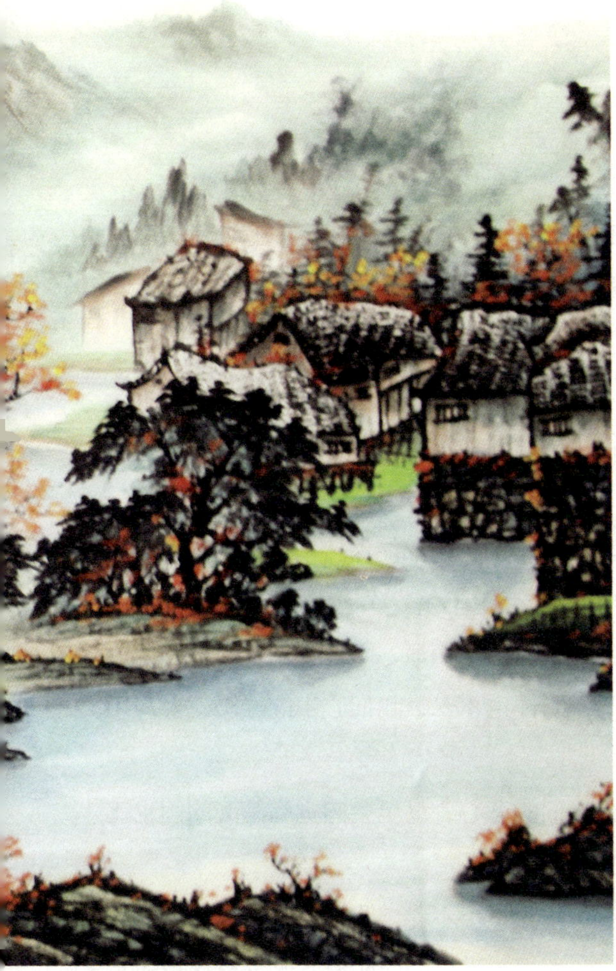

忧伤之雨

雨,是忧伤世间的象征,使我看见了每一位雨中的行人,心里都有着不为人见的隐秘的辛酸。

下雨的时候走在街上,有时会不自觉地落下泪来,心里感到忧伤。

有阳光的时候走在街上,差不多都能保持愉快的心,温暖地看待世界。

从前不知道原因何在,后来才知道,水性不二,我们心中的忧伤不就是天上的雨吗?明性也不二,我们心中的温暖就会与阳光的光明相映。

下雨天特别能唤起我们的悲心,甚至会感觉到满天的雨也比不上这忍苦世间所流的泪。

由于世间是这样苦,雨才下个不停。我相信,在诸佛菩萨的净土一定是不下雨的,在那里,满空的光明里,永远有花香随着花瓣飘飘落下。

在苦痛的时候，我们真的可以感受到每一滴雨水，都是前世忧伤的泪所凝结。

雨，是忧伤世间的象征，使我看见了每一位雨中的行人，心里都有着不为人见的隐秘的辛酸。但想到我们今生落下的每一滴泪，在某一个时空会化成一粒雨珠落下，就感到抬头看见的每一颗雨珠都是我们心田的呈现。下雨天的时候，我常这样祈愿：

但愿世间的泪，不会下得像天上的雨那样滂沱。

但愿天上的雨，不会落得如人间的泪如此污浊。

但愿人人都能有阳光的伞来抵挡生命的风雨。

但愿人人都能因雨水的清洗而成为明净的人。

这样许愿时，感觉雨和泪都清明了起来。

这样许愿时，使我知道，娑婆世界的雨也是菩萨悲心的感召。

三生石上旧精魂

人的一生像行船，出发、靠岸，船（本性）是不变的，但岸（身体）在变，风景（经历）就随之不同了。

宋朝的大诗人、大文学家苏东坡曾经写过一个非常有趣的故事《僧圆泽传》，这个故事发生于唐朝，距离苏东坡的年代并不远，而且人、事、时、地、物都记载得很详尽，相信是个真实的故事。

原文是文言文，故事体，文章也浅白，所以并不难懂，我把原文附在下面，加上我自己的分段标点：

僧圆泽传

洛师惠林寺，故光禄卿李憕居第。禄山陷东都，憕以居守死之。

子源，少时以贵游子，豪侈善歌闻于时。及憕死，悲愤自誓，不仕、不娶、不食肉，居寺中五十余年。

寺有僧圆泽，富而知音，源与之游，甚密，促膝交语竟日，人莫能测。

一日相约游青城峨眉山，源欲自荆州溯峡，泽欲取长安斜谷路，源不可，曰："吾已绝世事，岂可复道京师哉？"泽默然久之，曰："行止固不由人。"遂自荆州路。

舟次南浦，见妇人锦裆负瓮而汲者，泽望而泣曰："吾不欲由此者，为是也。"

源惊问之，泽曰："妇人姓王氏，吾当为之子，孕三岁矣！吾不来，故不得乳。今既见，无可逃者，公当以符咒助我速生。三日浴儿时，愿公临我，以笑为信。后十三年，中秋月夜，杭州天竺寺外，当与公相见。"

源悲悔，而为具沐浴易服，至暮，泽亡而妇乳。三日往视之，儿见源果笑，具以语王氏，出家财，葬泽山下。

源遂不果行，反寺中，问其徒，则既有治命矣！

后十三年，自洛适吴，赴其约。至约所，闻葛洪川畔，有牧童，扣牛角而歌之曰：

> 三生石上旧精魂，
> 赏月吟风莫要论。
> 惭愧情人远相访，
> 此身虽异性长存。

呼问:"泽公健否?"

答曰:"李公真信士,然俗缘未尽,慎勿相近,惟勤修不堕,乃复相见。"又歌曰:

> 身前身后事茫茫,
> 欲话因缘恐断肠。
> 吴越山川寻已遍,
> 却回烟棹上瞿塘。

遂去,不知所之。

后二年,李德裕奏源忠臣子,笃孝。拜谏议大夫,不就。竟死寺中,年八十。

一个浪漫的传说

这真是一个动人的故事,它写朋友的真情,写人的本性,写生命的精魂,历经两世而不改变,读来令人动容。

它的大意是说,富家子弟李源,因为父亲在变乱中死去而体悟人生无常,发誓不做官,不娶妻,不吃肉食,把自己的家捐献出来改建惠林寺,并住在寺里修行。

寺里的住持圆泽禅师,很会经营寺产,而且很懂音乐,李源和他成了要好的朋友，常常坐着谈心，一谈就是一整天，没有人知道他们在谈什么。

有一天，他们相约共游四川的青城山和峨眉山，李源想走水路从湖北沿江而上，圆泽却主张由陆路取道长安斜谷入川。李源不同意，圆泽只好依他，感叹地说："一个人的命运真是由不得自己呀！"

于是一起走水路，到了南浦，船靠在岸边，看到一位穿花缎衣裤的妇人正到河边取水，圆泽看着就流下泪来，对李源说："我不愿意走水路就是怕见到她呀！"

李源吃惊地问他原因，他说："她姓王，我注定要做她的儿子，因为我不肯来，所以她怀孕三年了还生不下来，现在既然遇到了，就不能再逃避。现在请你用符咒帮我速去投生，三天以后洗澡的时候，请你来王家看我，我以一笑作为证明。十三年后的中秋夜，你来杭州的天竺寺外，我一定来和你见面。"

李源一方面悲痛后悔，一方面为他洗澡更衣，到黄昏的时候，圆泽就死了，河边看见的妇人也随之生产了。

三天以后李源去看婴儿，婴儿见到李源果真微笑，李源便把一切告诉王氏，王家便出钱把圆泽埋葬在山下。

李源再也无心去游山，就回到惠林寺，寺里的徒弟才说出圆泽早就写好了遗书。

十三年后，李源从洛阳到杭州西湖天竺寺，去赴圆泽的约会，到寺外忽然听到葛洪川畔传来牧童拍着牛角的歌声：

> 我是过了三世的昔人的魂魄,
> 赏月吟风的往事早已过去了。
> 惭愧让你跑这么远来探访我,
> 我的身体虽变了心性却长在。

李源听了,知道是旧人,忍不住问道:"泽公,你还好吗?"

牧童说:"李公真守信约,可惜我的俗缘未了,不能和你再亲近,我们只有努力修行不堕落,将来还有会面的日子。"随即又唱了一首歌:

> 身前身后的事情非常渺茫,
> 想说出因缘又怕心情忧伤。
> 吴越的山川我已经走遍了,
> 再把船头掉转到瞿塘去吧!

牧童掉头而去,从此不知道往哪里去了。

再过二年,大臣李德裕启奏皇上,推荐李源是忠臣的儿子又很孝顺,请给予官职,于是皇帝封李源为谏议大夫,但这时的李源早已彻悟,看破了世情,不肯就职,后来在寺里死去,活到八十岁。

真有三生石吗?

圆泽禅师和李源的故事流传得很广,到了今天,在杭州西湖天竺寺外,还留下来一块大石头,据说就是当年他们隔世相会的地方,称为"三生石"。

"三生石"一直是中国极有名的石头,可以和女娲补天所剩下的那一块顽石相媲美,后来发展成中国人对前生与后世的信念,不但许多朋友以"三生石"作为肝胆相照的依据,更多的情侣则在"三生石"上写下他们的誓言,"缘定三生"的俗话就是这样来的。

前面说过,这个故事很可能是真实的,但不管它是不是真实,至少是反映了中国人对于生命永恒的看法、真性不朽的看法。透过了这种"轮回"与"转世"的观念,中国人建立了深刻的伦理、生命、哲学,乃至于整个宇宙的理念,而这些正是佛教的入世观照和慧解。

我们常说"七世夫妻",常说"不是冤家不聚头",常说"十年修得同船渡,百年修得共枕眠",常说"缘定三生,永浴爱河"……甚至于在生气的时候咬牙说:"我死了也不会放过你!"在歉意的时候红着脸说:"我下辈子做牛做马来报答你!"在失败灰心丧志的时候会说:"前辈子造了什么孽呀!"看到别人夫妻失和时会说:"真是前世的冤家!"

这种观念在中国是无孔不入的,民间妇女杀鸡杀鸭时会念着:

"做鸡做鸭无了时,希望你下辈子去做有钱人的儿子。"乃至连死刑犯临刑时也会大吼一声:"二十年后,又是一条好汉!"

所以,"三生石"应该是有的。

轮回与转世都是佛教的基本观念,佛教里认为有生就有死,有情欲就有轮回,有因缘就有果报,所以生生世世做朋友是可能的,永生永世做爱侣也是可能的,当然,一再的做仇敌也是可能的……但生生世世,永生永世就永处缠缚,不得解脱,唯有放下一切才能超出轮回的束缚。

在《出曜经》里有一首偈,很能点出生死轮回的本质:

伐树不尽根,虽伐犹复生;
伐爱不尽本,数数复生苦。
犹如自造箭,还自伤其身;
内箭亦如是,爱箭伤众生。

在这里,爱作欲解,没有善恶之分,被仇恨的箭所射固然受伤,被爱情的箭射中也是痛苦的,一再的箭就带来不断的伤,生生世世地转下去。

另外,在《圆觉经》里有两段讲轮回,讲得更透彻:

一切众生,从无始际,由有种种恩爱贪欲,故有轮回。若诸世界一切种性,卵生、胎生、湿生、化生,皆因淫欲而正性命。当知轮回,爱为根本。由有诸欲,助发爱性,且故能令生死相续。欲因爱生,命因欲有,众生爱命,还依欲本。爱欲为因,爱命为果。

　　一切世界,始终生灭,前后有无,聚散起止,念念相续,循环往复,种种取舍,皆是轮回。未出轮回,而辨圆觉;彼圆觉性,即同流转;若免轮回,无有是处。譬如动目,能摇湛水,又如定眼,犹回转火,云驶月运,身行岸移,亦复如是。

　　可见,轮回的不只是人,整个世界都在轮回。我们看不见云了,不表示云消失了,是因为云离开我们的视线;我们看不见月亮,不表示没有月亮,而是它运行到背面去了;同样的,我们的船一开动,两岸的风景就随着移动,世界的一切也就这样了。人的一生像行船,出发、靠岸,船(本性)是不变的,但岸(身体)在变,风景(经历)就随之不同了。

　　这种对轮回的譬喻,真是优美极了。

嘴里芹菜的香味

　　谈过轮回,我再说一个故事,这是和苏东坡齐名的大诗人黄山谷的亲身经历。黄山谷是江西省修水县人,这故事就出自修水县志。

黄山谷中了进士以后，被朝廷任命为黄州的知府，就任时才二十六岁。

有一天他午睡的时候做梦，梦见自己走出府衙到一个乡村里去，他看到一位满头白发的老太婆，站在家门外的香案前，香案上供着一碗芹菜面，口中还叫着一个人的名字。黄山谷走向前去，看到那碗面热气腾腾好像很好吃，不自觉地端起来吃，吃完了回到衙门，一觉睡醒，嘴里还留着芹菜的香味，梦境十分清晰，但黄山谷认为是做梦，并不以为意。

到了第二天午睡，又梦到一样的情景，醒来嘴里又有芹菜的香味，因此感到非常奇怪，于是起身走出衙门，循着梦中的道路走去，一直走到老太婆的家门外，敲门进去，正是梦里见到的老妇，就问她有没有摆面在门外，喊人吃面的事。

老太婆回答说："昨天是我女儿的忌辰，因为她生前喜欢吃芹菜面，所以我在门外喊她吃面，我每年都是这样喊她。"

"您女儿死去多久了？"

"已经二十六年了。"

黄山谷心想自己正好二十六岁，昨天也正是自己的生日，于是再问她女儿生前的情形，家里还有什么人。

老太婆说："我只有一个女儿，她以前喜欢读书，念佛吃素，非常孝顺，但是不肯嫁人，到二十六岁时生病死了，死的时候对我说她还要回来看我。"

"她的闺房在哪里，我可以看看吗？"黄山谷问道。

老太婆指着一间房间说："就是这一间，你自己进去看，我给你倒茶去。"

黄山谷走进房中,只见房里除了桌椅,靠墙有一个锁着的大柜。

黄山谷问:"里面是些什么?"

"全是我女儿的书。"

"可以开吗?"

"钥匙不知道被她放在哪里,所以一直打不开。"

黄山谷想了一下,记起放钥匙的地方,便告诉老太婆找出来,打开书柜,发现许多文稿。他细看之下,发现他每次试卷写的文章竟然全在里面,而且一字不差。

黄山谷这时才完全明白他已回到前生的老家,老太婆便是他前生的母亲,老家只剩下她孤独一人。于是黄山谷跪拜在地上,说明自己是她女儿转世,认她为母,然后回到府衙带人来迎接老母,奉养终身。

后来,黄山谷在府衙后园植竹一丛,建亭一间,命名为"滴翠轩",亭中有黄山谷的石碑刻像,他自题像赞曰:

似僧有发,
似俗脱尘。
做梦中梦,
悟身外身。

为他自己的转世写下了感想,后来清朝的诗人袁枚读到这个故事曾写下"书到今生读已迟"的名句,意思是说像黄山谷这样的大文学家，诗、书、画三绝的人，并不是今生才开始读书的，前世已经读了很多书了。

站在自己的三生石上

黄山谷体会了转世的道理，晚年参禅吃素，曾写过一首戒杀诗：

> 我肉众生肉，名殊体不殊。
> 原同一种性，只是别形躯。
> 苦恼从他受，肥甘为我须。
> 莫教阎老断，自揣看何如？

苏轼和黄山谷的故事说完了，很玄是吗？

也不是那么玄的，有时候我们走在一条巷子里，突然看见有一家特别的熟悉；有时候我们遇见一个陌生人，却有说不出的亲切；有时候做了一个遥远的梦，梦境清晰如见；有时候一首诗、一个古人，感觉上竟像相识很久的知己；甚至有时候偏爱一种颜色、一种花香、一种声音，却完全说不出理由……

人生，不就是这样偶然的吗？每个人都站在自己的"三生石"上，只是忘了自己的旧精魂罢了。

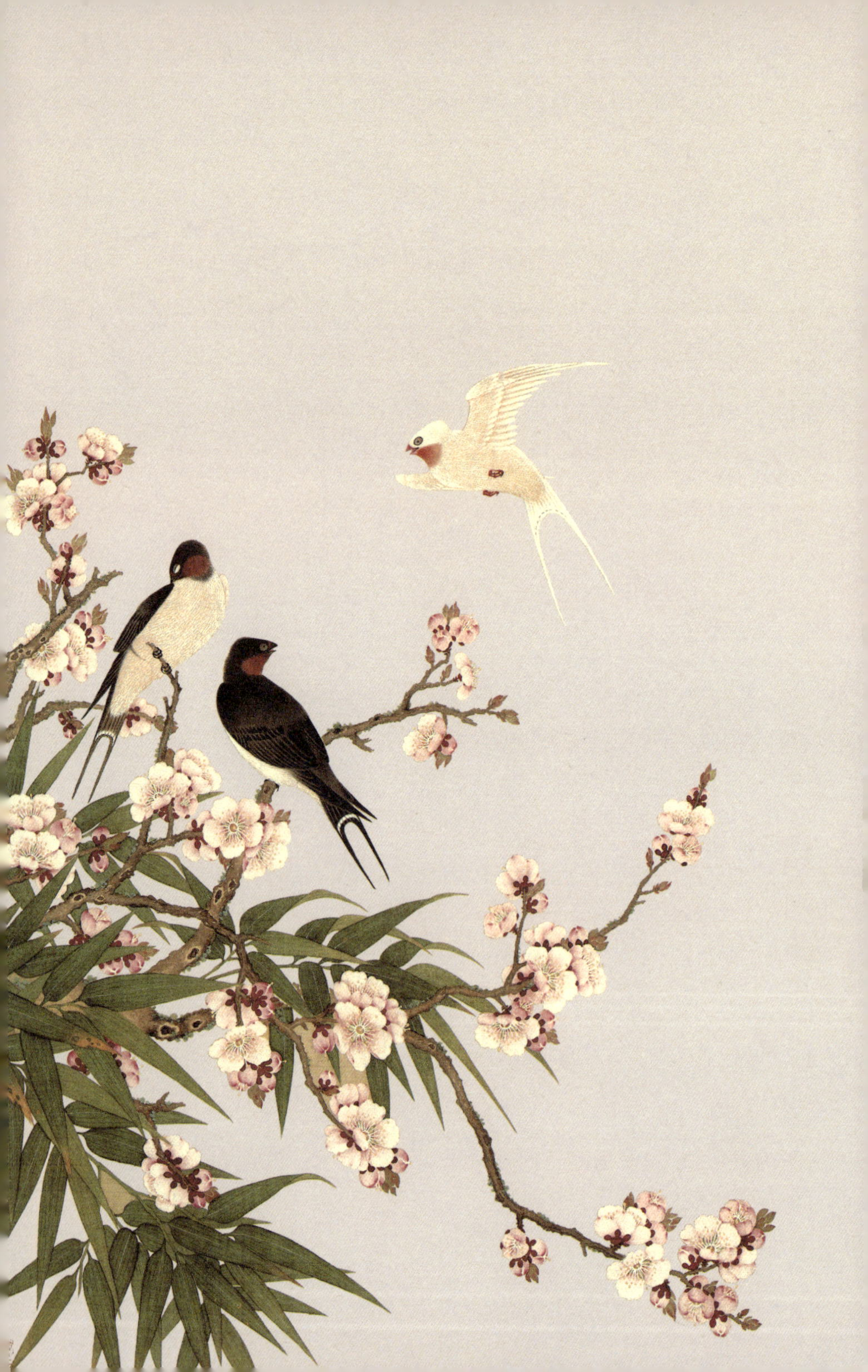